엄승철
시집

그리운 남쪽

엄승철
시집

도서출판 북인
2022

시「그리운 남쪽」은

내 서툰 첫사랑 발자취가

맑은 소주에

오롯이 젖은 시편 모듬이다.

내 처음이면서

다시 없을 사랑 노래를

이경남한테 곱다시 바친다.

시인의 말

글발 간데족족 겨레불이 말글이 설 자릴 도둑 맞아 콩켸팥켸 요모조모 에푸수수하다.

외곬 양코배기 섬왜놈 곰팡스런 말버릇이 한글말 사춤에서 숨통을 짓누른 탓이다.

'민족'이니 '국가'니 '반도'니 '지구' 따위 한자말은 쓰레기통 깡그리 버린대야 싸다.

명치유신 즈음 섬왜놈 건성꾼이 서양말 옮길 제 손방 꼴리는 대로 가리새 엮어 쓸개 빠진 한자기 때문이다.

새치기 치이느라 반주검 한글말은 넝마쪽 토씨 자투리에 한 다리 걸친 채 숨기척 가까스로 잇는다.

이런 한자말 목줄을 야무지게 끊을 제라야 아직 덜 매조진 독립운동은 한 매듭 아퀴를 짓는다.

간이 죽으면 염통에 머릿골까지 비웃 두름 엮듯 골로 가 땅보탬 에누리 없을밖에 없다.

말글 틀거지도 마찬가지 곧장 말대로 글대로 혼자서만 따로 죽지 않는다.

바람받이 촛불 선 한글말 고빗사위야말로 얼이랑 넋이 한덩이로 결딴나고 말 한겨레 무덤자리다.

겨레말 왕창 꿩 구워먹은 나라에서 한국문학은 널방 뺀 은 송장 일없을 헛발질감이다.

이 초주검 깽판에 소매 떨쳐 앞장선 이가 내로라 으뜸버금 먹물 아니면 글쟁이란 망나니다.

얼마큼 이름 높더란 적발이래서 기껏 줄밑걸을 제마다 부끄럼이 커도 이드거니 크다.

나 또한 글방 안팎 글줄 수선깨나 거들던 글쟁이로 머잖아 지친것 한살이를 마칠 푼수다.

육사처럼 동주처럼 나라 지킬 깜냥까진 아니어도 겨레말만큼은 솜씨껏 북돋고 싶다.

왜놈 양놈 괴이쩍은 말방정 뿌리만 도린다면 내 글이 수틀리고 내 한 목숨쯤 털썩이잡는대야 일도 아니다.

한글말은 한겨레 반 만 년 얼과 넋을 한솥밥 떠받친 들보요 서까래다.

만방 숫보기가 우리 겨레 삶살이를 엄지가락 추켜 돋보길 미리감치 바란 백범 선생이 아쉽다.

말글이 일떠서 겨레 얼과 넋이 도로 듬쑥하고 나라 허우대가 용오름 솟는다면 선생도 하무뭇해 무덤에서 두 손뼉이나마 아니 아끼시리라.

상춘곡 관동별곡 면앙정가 곳곳에 도사린 우리말 글힘에 콧바람 절로 느꺼웠다.

종내기 아롱이다롱이 고을고을 탈춤 판소리에 민요를 읊조리다 옛글 맵시에 풍덩 빠졌던가 싶다.

잡을손 구성진 말투며 어깨춤 절로 참기 벅찬 시나위 가락을 무턱대고 닮고 싶었다.

엉너릿손 비아냥 따끔한 우스개에 시늉 비슷이 어깨너머 글동냥이나마 조르고 싶었다.

붓질 다듬기만 서른 해포 소수, 그 끄트머리에서 얻은 얼치기 묶음 몇을 비로소 선뵌다.

김지이지 바닥나기 말글 흉낼랑은 바야흐로 이 시집으로 어느만큼은 마친 쨈새다.

내 시 싹수가 얼짜라 따따부따 지청구를 쏟는다면 고분고분 기꺼이 큰절로 받으리라.

맛보기 모자람에 서툰 손길 죄스러움은 온새미 내 혼자 몫이기 때문이다.

이제 마디에 옹이로 남아 머리띠 질끈 감고 팔뚝 걷을 일감은 오로지 하나다.

마지막까지 둘도 없을 방짜 하나랑 마주 한 목숨 에낄 엇셈 힘차게 신들메를 단단히 죈다.

낫살 쉰줄 한허리께를 넘자마자 죽음 문턱에서 하마터면 두 번을 고꾸라질 뻔했다.

거기서 하늘이 목숨을 돌린 까닭은 오로지 먼저 보잘것 그럴싸하게 본때 한번 떨치고 가란 뜻이지 싶다.

말 난 김이니 기꺼이 목숨하고 바꿀 소설 하나 반듯하게 마치면 풀끝 이슬처럼 가벼이 이승살이 미련 버리련다.

관짝 바깥 남겨 집집 뚝배기 받침 씀새로나마 한 쓸모씩만 보탠다면 적이나 보람이 크겠다.

아울러 나보다 사날 좋은 글쟁이가 날 꾸짖은 값에 다만 매운 알짜 뽐낼 날이 쉬 오기만 기다릴 뿐이다.

2022년 봄날에

엄승철

차례

2부

3부

4부

1부

조선의사朝鮮義士 넌개

1

넌 개라
늦둥이 얄궂이 개를 논 게라
개띠 하나 갖곤 모자라
달에 날에 때까지 어떡하면 줄줄이 갑술생甲戌生일까
글방 지친것 늙은 아비는
볼 제마다 적이 센 나룻 쓸었지요
주논개朱論介라 이름 석 자 갈기며
갑술 넷 봉황격이면 못 돼도 패왕霸王이라는데
핏덩어리 하필 딸인즉 조 뚱딴질 얻다 쓴다냐
때 족족 넋두리조차 아깝다며 혀 끌끌 찼지요

2

난 겡이요
이름 경회慶會[1]라 마을 동무 입에 달고들
겡이야 괭이야 놀렸다오
서른다섯 늦깎이 관광 급제 달고 벼슬길 두루 열두 해째

1) 최경회(1532~1593)는 주논개 남편이다. 1567년(선조 원년) 문과 급제하여 장수, 무장현감과 영해부사 등을 거친 뒤 임진왜란이 일어나자 의병을 규합하여 금산, 무주, 창원, 성주 등지에서 크게 이기고, 1차 승전에 이은 제2차 진주성 싸움에서 힘을 다 쓴데다 무기마저 쓸모가 다하자 남강에 투신 순국한다.

골살이 사또 살던 여느 시골 촌구석
게서 한솥밥 데면데면 개와 고양이처럼 우린 만났소[2)]
빚값 팔린 어미랑 딸년 밤 봇짐 서툴게 토끼다 잡혔다고
구실바치 송사 분별 재우치라길래 살피살피 살핀즉
파뿌리 희끗
댕기머리 댓살배기 코흘리개 품 감싼 그대 어미였다오

3
갈걍갈걍하던 아비
물렁팥죽 늙바탕 못 배겨 시름시름 저승 문턱 넘자
노름 밑천 아쉬운 김에
집안어른 형님아우 인젠 작은아비 저랍시고
한고을 한다하는 풍헌집 천치 아들놈 민며느릿감으로 냉큼
철딱서니 어린것 판 날벼락이라며
어미는 가슴을 치고 또 땅을 쳤소
무죄 방송 따끔령 냈건만 기쁜 낯빛커녕
웃음 반 울음 반 웬일인지 어미 딸은 꿈쩍도 안 했소

2) 위아래 모조리 만 나이 셈수다. 첫 만남에 즈음해 전라도 장수 고을 사또 최경회는 47살, 주논개는 5살이어서 둘 사이엔 42살이 빠진다. 임란 두 해 앞선 1590년(선조 23) 최경회는 먼저 세상 뜬 아내 뜻을 기려 16살 논개를 후살이 아내로 맞는 바, 이후 둘은 아들 하나를 둔다.

4

작은아비 막돼먹은 주색잡기 난봉에
거덜 작신 쪽박 살림
집도 절도 뜬구름 긴히 발 뻗을 땅뙈긴들 남았을까요
해포달포 바야흐로 시난고난
구들장 진 마나님 병구완 청하길래
권붙일 겨를 몰라
물 빠진 놈 지푸라기 잡듯 긴가민가 따른 영문이지요

5

댁종 아니시니 허드재빈 딴 아랫것한테 맡기시래도
궂은일 한사코 아니놓습디다
샛별 좇아 자리 걷고
종종걸음 잰 손 물기 마를 새 없다가
어미 딸 한결같이 어둑해서야 잔손불림 무릅디다
딴은 핏줄 선비 집안이요
그 어미에 그 딸이라고 손끝 하난 야무집디다
사내 공명 성불성成不成은 아낙 내조가 반이랍디다
아무 각시 들여 볼썽사납지 아니하게끔
내 죽걸랑 부디 나 본 듯 저 아이 후실로 이으십시오

애티 벗고 언뜻번뜻 삼오이팔 꽃봉오리 차츰 벌 즈음
서너 해 저승 앞장선 그대 어미 제상차림 어깨너머 보던 맡
죽음 빌미 몸소 본 아내 당조짐이 꼭 진자리 유언만 같아
못 듣고 안 들은 척 귓등 모르쇠 짐짓 딴청 고만이었다오

6

아니올시다 저 밥 준 발꿈치 물 개는 없다며
도리머리 손사래쳤지요
마나님 굿길 제 말씀이니 나리 모시고
허드렛일 거드는 쇤네나 몸종으로는 살겠노라고
남우세 사위스러워 그렇게
시앗 아닌 시앗살이 어설피 첫 발짝을 뗐지요
뒷날 저승 마나님 뵙기 부끄럽게 마시라 말리건 말건
기어코 안방마님 다름없이
옆자리 나란히 주신 분이 우리 나리였소

7

우리 임금 다스려 어느덧 스물다섯 해 새 여름 첫물 사월
개 버릇 남 못 준 왜놈 장난 아닌 작란作亂 탓
한바탕 고약스런 대판 쌈박질이

그에 이 나라를 송두리째 휩쓸었다오
어버이 궂기실 워낙에 굽질린 죄인이라
벼슬 버려 손수 시묘 살던 베잠방이 무렵
어림셈 십오만 왜놈 하루아침 부산성 난딱 무느더니
고작 스무날 부리 한달음 깽판 서울까지 짓쳤다기에
목에 칼날 나랏일 발등 불똥 첫손이니
굴건 지딱 벗고 띠집 선뜻 떨칠 밖에 딴 수 없더이다

8

요 어름 금산성 쌈터 고경명 땅보탬 종작없이 눈감으니
딱히 부닐 데 바이없다며
아랫사람 속속 내 밑 나부시 무릎 조아리더이다
헐수할수없어 줏대 잡고 길마 올라
전주에서 남원에서 거푸 왜놈 혼쭐 뽑고
우지치牛旨峙 쌈터에서 내리
고장군 죽음까지 시원시원 대갚으니
나라님 비로소 어깨 으쓱
경상우도 병마절도사 벼슬 돋우시더이다
왜놈 천지 고을 백성 하나 마을 땅 한 조각 변변찮아
비록 껍질뿐 절도사랄망정

그만 속 빈 강정도 기꺼울 밖에 없더이다[3)]

9

개싸움 맞총질 첫해 겨울 들목 시월 진주성 첫 싸움
왜놈 줄잡아 이삼만을 웃돈다는데
우린 줌줌이 삼사천 남짓 고작이라
정규군이랍시곤 그나마 천 안팎에
나머진 승병이니 의병 나부랭이
여북해야 낫 쥐고 몽둥이 옴켜
섬 지고 멱 진 흙투성이 농투성이뿐
싸우나 마나 까짓것
바윗장 깬다며 결기 일껏 달걀 던지기였다오
마침내 의義자 깃대 높높이 펄럭이며
하나뿐인 목숨 무릅써
범아가리 들자 하냥다짐 다붓이 칼집 활집 움키던 날
그댄 물끄럼말끄럼 옷고름 찍어
그윽이 눈물 이냥 감추더이다

---

3) 최경회는 1592년(선조 25) 우지치 싸움까지 크고 작은 고을 예닐곱 쌈터에서 잇달아 승승장구한 공으로 개전 이듬해 1593년(선조 26) 경상우도 병마절도사 첩지를 받는다. 1592년(선조 25) 우지치 승전 이후 같은 해 음력 10월, 의병 연합세력 가운데 하나로 참전한 1차 진주성 싸움 당시 최경회 부대는 주로 외성곽 언저리에서 치고 빠지며 적 후미를 기습 교란하는 게릴라 전술을 펼친다.

온갖 푸념 총총 깨문 그 입술에
말없음표 가만 삼킨 그 눈망울이 마지막 아니기만 빌었다오

10

아니올시다 나리께 드릴 말씀이랍시면 부디 사시라
오롯이 토막말 그 한마디가 마저 다였지요
말이 씨 되다 간둘라치면 차마 서낭에 날세라
목이 메어 굳이 삼갔지만서두요
그렇건만 굽어 하늘이 살필라치면
죽을 구멍에 살 구멍 난다고
진주목사 김시민만은 별쭝났다지요
골골샅샅 부랴사랴 손품 발품 훑어
화약 화살에 먹잘것부터 빼곡히 쟁였다니까요
동트자마자 번갯불 님뷔곰뷔
동문 번쩍 서문 남문 후림불 번쩍
빗발치듯 덤비면 득달같이 무찌르고
어금니 방석니 되도록
어기차라 무찌르면 줄기차라 냅뜨고
땀내 비린 핏내 취한 망나니 칼춤에
총 꼬는 떼거리 치고박느라 복닥불 벅적

만 놈 한 묶음씩 밤낮 도와 닥치거라 꼼짝 마라
서로치기 문짝 겨냥 치대고 해대나 마나 제바람 헛턱
애어른 사내계집 내남없이 성을 베개 삼아
죽을 둥 살 둥 뜬눈 이레를 꼬박 번섰다지요
죽기 아니면 까무러치기 젖 빨던 죽을힘 마른 수건 짜듯
화살 다 쓰면 짱돌 기왓장 팔매질에
화약 달창나면 부리나케 끓는 물 붓고
오금 자개바람 악다구니로 앙버티니
섟 죽어 기엄기엄 마침내 꼬랑지 말았다지요
하지만 하뿔싸
썩 물렀거라 어마 뜨거라 앞다툰 줄도망 깨갱길
다 뒈진 왜놈 졸때기 하나
숨 덜컥 끊기면서 당긴 한 방 총알 난데없이
진주목사 김시민 이마 꿰뚫었다니
온이 하늘 맘은 여지껏 이 나라 한 편만 아닌가 보더이다

11

그리고 이듬해 유월 철겨운 여름 끝물 느지막이
진주성 둘째 쌈판 피비린내 모질고 오진 날이 오지요
한 입 두 말 입놀림 싸구려 주둥이에

잔머리 쩨쩨하기 둘째가라면 섧다 할 좀첫것 섬것들답게
조선일랑 제치고 명이랑 낄끼리 으밀아밀 쌈 멈추자
무릎맞춤 말마디깨나 섞을 짬짬이라던가요
쌈 끄트머리 느닷없는 새총 동티에
그적 김시민 덧나 이승 뜬 줄 꿈에도 모르고
낯짝 붉으락푸르락 밸 틀리고 골딱지 뿔 뻗친
섬왜놈 도꼭지 풍신수길豊臣秀吉인지 뻥신수길인지
아니꼽살 성말라
잔나비 새끼 들까불듯 길길이 날쳤다지요
쌈 한창때 너들 꼭두머리 욕본 진주성
털끝 한 오라기 못 다쳐 고대론데
웬 어깃장 풀 뜯는 개소리냐
눈엣가시 김시민 목부터 바치라
싹쓸이 개새끼 하나 남기지 말라
그런 다음 드잡이 쌈판 멈추잔 말 밸든지 말든지
밴댕이 소갈머리 찡찡 부아풀이 불판령 떨어지니
꼽재기 개나 소나 대고 독 오른 벌떼 못잖게
켕길 대로 잔뜩 켕겨
훈도시ふんどし아차차 피똥 지릴라 똥줄 화들짝 탔다지요
초꼬슴 십오만 패거리라 어깨 우쭐 뻐기던

조선팔도 경성드뭇한 졸개 가운데
팔다리 멀쩡하더란 떨거지 왜놈
도나캐나 깡그리 휘휘 몰아 후닥닥 다그쳤다지요

12
개뻥 소뻥 뻥튀기 십삼만에
암만 낮잡은들 구만 훌쩍 넘을 성부르대니
우리 스무 곱절 나우 웃돌 머릿수라더이다
외곬 까마귀밥 보탬 개죽음 외통길
부등부등 헛발질 마시라
쌍지팡이 짚은들 헛노릇 차마 못 말렸소이다
김시민 빈자리 채운 얼간이 사또
머릿수 닥닥 긁은들 끽해야 사오천 넘을락 말락
하루살이 불나방 칼 물고 한껏 뛰뛴들 만들
고따위 깜냥 갖곤 까딱수건 뾰족수건 일없다며
쓴 입맛 떨떠름 곽재우 장군마저
지레 뒷날 벼른다며 말머리 되짚었다지요
하지만 물 흐르듯 철석같은 나리 맘이시니
딴 데 얻다 눈곱만치나 한눈인들 파실라고요
맵다 떫다 투정조차 아니 남겨 가시등만

기어코 서문 북문 뼘들이 깨져
건밤 아흐레 핏발 꼬박이
쌈싸움 갈퀴눈 부라린 나리께선 안 오시고
핏물 범벅 빗물 범벅 종잇장 시 한 수[4] 달랑 오더이다
애고대고 하늘이 무너지고 땅이 꺼진다 쳐도 맙소사
썩도 하도 기도 안 차 울음도 안 나더이다
빗발 흩뿌리는 하늘 흘기려다
그저 느껍고 느꺼워 바짝 탄 입술만 깨물었다오

13
집이란 집 죄 허물고 우물이란 우물은 다 메꿨더이다
논도 밭도 깡그리 뭉개고
구석빼기 뒨장질 개도 닭도 한 마리 안 남겼더이다
진동한동 하나같이 하찮은
파리목숨이나마 빌붙자며 맨몸 깃든 진주성
늙정이 계집 갓난애 씨알머리 샅샅

---

4) 최경회가 진주성 촉석루에서 김천일, 고종후와 순국에 임박해 지었다는 「투강시投江詩」다.

矗石樓下三壯士촉석루하삼장사	촉석루 아래 세 사내
一杯笑指長江水일배소지장강수	한 잔 술 웃으며 긴 강물 가리킨다
長江萬古流滔滔장강만고류도도	저 긴 강 지머리 흘러 도도하리라
波不竭兮魂不死파불갈혜혼불사	물살 안 마르리 넋은 죽지 않으리

예라꼐라 마구잡이 베고 찔렀다니 징하지요
떼죽음 육만 쓰레질하듯 쪽도 못 쓰고
생때같이 그렇게 사라졌다지요
쑥대밭 잿더미 성 안 차
꼴에 이긴 쌈이라 깐에 자랑 넘쳐 뒤풀이 마당 논다더이다
놀음놀이 하루 품값입네 곱절가웃 통 크게 베푼다며
기생 잔치 알림장 간데족족 큼지막이 거는데
그냥 눈이 번쩍 트입디다
고을 기생 살던 어릴 제 소꿉동무더러
거기 슬쩍 내 이름도 꼽사리 걸라 손썼지요

14
첫가을도 들머리
마침맞게 견우직녀 한살된다는 칠월칠석 날이었지요
열아홉 꽃단장
연지곤지 매무새 고이고이 열 손가락 가락지 낀 채
남강 쪽빛 물살 아래 이승 미련 쉽사리 못다 풀쳐
여태 푸른 넋으로 흐를 나리를 데리러 간 됨됨이지요
촉석루 아랫물이
굽이 우리 나리 가슴팍 적신 핏물만 같더이다

엎치면 강물 다붓이 선걸음 사뿐 곧장 바위 위에 섰지요
종주먹 불끈 서릿발 서늘한 웃음꽃 날리니
마른침 꼴깍 왜놈 하나 홀린 듯 내리더이다
놈이랑 깍지 낀 고대로
물 첨벙 살풀이 넋마중 간 메지라오
한 지붕 갖은 정나미
밉상 곱상 오만상 고루 섞은 개랑 고양인데
살아 다신 못 돌이킨다는 저승길 구만 리 아닌가요
나리 목숨 앗은 요 섬도둑 똘마니 장수
초롱불 앞장 길라잡이 삼아
까막길 먼먼 거기 마님 계신 깜깜나라
둘이 한몸 함께 가십시다
쇤네도 부디
저승길 나리 곁부축이나마 살뜰하니 모실랍니다
이승 아닐지언정 앞서건 뒤서건 둘이 한 배
길동무 나위 없은즉 마님께서도 작히나 미더울까요
길이 아흐레 열흘 넘긴 주검 뜰 제까지
깍지 영영 안 풀었더랍니다

15

아버지 작란作亂 아닌 장난에
내 이름 넌개를 논개로 부른대야 무에 대술까요
하지만 노류장화 기생만은
쳇바퀴 열 목숨 고쳐 골백번을 죽는대도 건정 아니라오
멀리는 어미 딸 따라지목숨
한맛 슬겁게 품으신 저승 마님께 안갚음이요
가까이는 왜놈 시건방 채 못다 손본
우리 나리 갈음한 혼뜨검일 뿐
큰 그림 그럴싸하게
제 맘껏 나라사랑이라 꾸민들 어쩐들 내야 볼만장만
붙임붙임 장터마당 엿장수 아랑곳이니
따따부따 트집거리까진 아니 삼을라오
목숨 간당 나라 도로 살릴 여의주 휘갑쳐
나라님께 수굿이 나수진 못했지만
조선 병마절도사 모가치 걸맞게
한몸 불사른 나리 옷섶 아니놓고
한마음 물귀신마저 마다 아니했으니
개나 고양이만 못한 한살이는 아니었지요
이 나라 뼈대 꼬장꼬장한 사대부 집안 딸이요

어금버금 대쪽 지아비 끝끝내 붙따른 지어미라오
안팎 위아래 어느 한 가닥 한 점 부끄럼 아니 남게끔
가시밭길 지아비 좇아
버선발 서슴없이 더불은 내 이름 석 자 앞에
인제라도 조닐 의義자야 만판 냅두거나 관두거나 간에
꼬리표 게 얌통머리 오죽잖은
요놈 기妓자 하나만큼은 떼야 똑 아니 쓰것소

2020. 8. 24.

별옴둑가지소리

썩을 놈
나이 예순이 자랑 철철 무슨 벼슬이냐
환갑 자축 코빼기나 보자구 미친
개나발 접구 그냥 술 처먹구 싶다 그려
육사처럼 시인커녕 독립군 총잡이도 못하구
고흐 비슷이 무슨 그림 하나 못 그리구
소월 흉내커녕 소설 같은 소설 한 줄 변변찮게 못 쓰구
벌써 뒈지지 못해
예순 나이만 처먹은 그게 분하구 부끄러워
내야 골백번 죽어두 벌써 시원찮을 몸뚱이
귀때기 말랑말랑 예순 줄이면
나잇값 꼴값 걸맞게끔 꼬투리 하난 맑아야지
대놓고 코 박는 계집질 갖곤 성 안 차
철딱서니 낫살 덜딱서니
핀잔 바가지 술잔만 밝혀야 쓰것냐
같잖은 땅뙈기 집채 하나 없구
그거 돈값 좀 빼긴다구 눈깔 뵈는 게 없냐
그게 통기타 청바지에 주먹 쑥떡 장발 단속 통금 비웃구
군홧발 맞서 짱돌 게거품 물던 네 놈 알량한 꼬라지냐
이 한심두심 술고래 밥버러지야

육갑술 환갑술 끔찍히 처먹구
오냐오냐 처먹은 술김에 골김에 이주 팍 골로 가버려라
야금야금 너딴 종자 하나씩만 사라져두
묵은해 오랜 체 팍팍 뚫려
네 식구나 이 나라 이 겨레붙이나
천세 만세 비로소 천만세다!

2020. 12.

안갚음

물오른 봄 한철엔
나무가 알아서 잎사귀를 틔운 줄만 알았거든
철몰라 어린것이란 어린것은 죄
아비어미 피땀에 자란다고만 여겼거든

어느 가을 이빨이 나를 버렸어
사흘걸이 밑동 삭아 한 놈
나흘걸이 중동 잘라 두 놈
오늘은 아예 뿌리째 뽑힌 놈까지

어리고 어리석어 내가 기른 줄만 안 이빨인데
제가 기른 자랑 몰라 준다고
웃자라 삐딱한 맘에 날 팽개친 결딱진가 싶어

내남없이 혼자 클 장땡은 없다는데
때 되면 기르던 품을 다 자란 놈이 품게 마련이라는데

잇새 바람 새 쌓는 깡통 목통 우물우물
읊는 것이 시인지 공갈 쭉정인지 가리산지리산 아리송해

시답잖이 싯줄 나부랭이 끼적대다 버림 어줍잖이 당하느니
무엇보다 시부터 나부터 냉큼 버려야 쓰겄네

2021. 11. 4.

새

새는 남십자성 너머 맑고 곧은 하늘을 꿈꾼다

두 날개에 새장 바깥 찬바람 실으면
새는 어느새 창살을 잊는다
횃대 박차 구름 훌쩍 한달음이면
주름 잡아 시베리아도 배꼽마당이다

절 울짱 가둔 손짭손보다
새는 멀리 보고 날개를 높높이 펼친다

올가미 옥죈 몸뚱인 새가 아니라 제멋대로 살코기다
새는 결코 제 뼈아픈 허물 탓 올무를 목에 건 적 없다

잠꼬대 나날 어지러이 뒤척이기로서니
새는 자물쇠 깨쳐 새장 나설 그 하루 마른날만을 그린다
외곬 손 안 탈 외딴 나무 둥지 깃털 새로 꾸미느라
새는 밤밤 베갯머리 곳곳 꿈자리가 사납다

2020. 3. 31.

너, 자유여 —

발짝 팔짝 박차면 까짓 고깃점 고작 한입거리 사냥감

가시 곤두선 발톱 할퀴면 한방 냉큼 으스러뜨리고
악문 이빨 와지끈 질끈 깨물면 갈가리 찢어도 같잖다

한손 그렇게 단김에 움킨다손 쳐도
먹잇감으론 온새미 못 만든다

오락가락 울타리 앞
호랑이는 스르르 고리눈 흡뜬 쌍심지를 푼다
투덜투덜 볼멘 꼬락서니 감추며 발걸음을 돌린다

저딴 허깨비가 무서워서가 아니다
저깟 껄렁패한테 뚝심 꿀려서도 아니다

시퍼런 서슬 칼잡이 꼭뒤 바짝 질러
된바람 된통 벼리느라
거기 뵈지 않는 어마한 힘꼴에
하릴없어 슬몃슬몃 꼬리를 사릴 따름이다

2020. 2. 29.

돌팔이

나는 병이 없는데
돌팔이 눈엔 환자로 비치나보다

눈끔쩍이 멀쩡한 환자 노릇이 성가시다
사나흘 없는 병 찾는답시고 긴치 않이 성화다

멋부려 처방도 곧잘 적고 약도 먹으라 점잔조차 뺀다만
쌈짓돈 털이 꾀병 잔병치레도 옳다구나 엄벙뗑 만고땡
미심쩍어 고갯짓 아니올시다면 콧방 딴청 입술 삐쭉이

나는 병이 없는데
돌팔인 아픈 데 투성입네 얄밉상 섟 삭인다

딱히 아픈 데를 모른다니
딴은 병 치곤 큰병입네 혀를 찬다
한 잔 술이 나한텐 약이라니
알코올 중독입네 좀이나 핀잔이다
시무룩한 낯빛 안 감추니
우울증입네 침방울 아니 아껴 초를 친다

날라리 족집게 등쌀에 언제부턴가
난 환자 아닌 나이롱 환자
얼씨구나 탈잡아 족족 꽈배기니
둘째가라면 서럽달 약장순갑다

코걸입네 귀걸입네
없는 병 꾸밀 값에 얼러방친답시고
속속들이 속깨나 썩을 눈딱부리가 불쌍타

2020. 3. 22.

눈 가리고 아웅

유리창 여기저기 엉긴 땟물이 꾀죄죄하다
땟국 떡칠 기와지붕 저 너머론 솔숲조차 우거지 죽상
거무칙칙 유리한테 속으면
새파란 봄하늘도 한껏 볼썽사납다
절집 벽에 모처럼 천국을 그릴지언정
아수라지옥처럼 섬뜩하다

문지기 잡도리 겹겹 검불덤불 수선떨이면
메시아도 부처도
쓰잘데기 어정잡이 탈바꿈밖에 딴 수 없다

얌생입네 야바윕네 기 쓰고 바람잡는
자칫 거짓 얄팍한 주둥아리 나발 방정에 속지 말라
용그림 붓도장 척척
'미르'라 소맷바람 그럴싸 이름표 건다만
젠체 암만 알량해야
대가리 꼬랑지 뱀밖에 아무것도 아니다

발가숭이 임금도 유리창이 뻥치면 낯짝 똥칠 놀림감
밴댕이 소갈딱지 장난쳐야 뻔할 뻔 자 두름손

집도 절도 고리짝도 안방 떵떵 앉은 놈이 임자지
설만들 곱다시 바친 놈이 도로 내 집입네 떼쓸 종작일까
뜨금보다 곱절가웃 비싸대서
그놈 말이 업시름 아무짝 사람을 탈까

내 편 네 편 가재 편 게 편
문고리 걸어 짝꿍 가르는 세상에 우리 편 자릴랑 일없다
울짱 뽑고 칸살 허물어
그넷줄 끊길 제면 암탉이야 낙동강 오리알
콩깍지 벗은 눈망울 해맑은 얼에 얼비치건 말건
얼룩이 덜룩이 잿물 짬뽕 맑은 날 흐린 날 두루 섞느라
갖은 꼼수 유리창은 파뿌리 희끗 골머릴 싸맨다

2020. 3. 14.

서낭나무

해포달포 스치고 되스쳐
해묵은 톱자국이 어둑하다
한 오백 살 외곬 모짊을 무릅썼을까
눈대중 좋이 서너 아름엔 차고도 넘친다
볼품 사납게 중동은 베이고
밑동은 짤막해 덩그러니
가로 뻗친 외줄기만 머리통만큼이나 굵직하다

더러는 센머리 한갓진 걸음이 발치께를 오가고
아주 가끔씩 파지 줍는 수레가 기우뚱 에도는
아파트 샛길 배꼽자리
예도옛날 서낭나무라서냐
동티 꺼림칙해 용케도 뿌리 뽑다 냅뒀단다
초가마을 소꿉동무 이쁜이 곱단이 조잘대던 건물 숲
어느덧 서낭도 조왕도 터주도 가뭇없다

아무짝에나 쓸모 초라함이 지머리 목숨 잇는 골갱이라
한 오백 년 진득한 가슴앓이에
속 텅텅 빈 느티나무 한 그루
인제사 곤죽 시멘트로 배곯이를 때운다

2020. 3. 8.

별 하나

서녘 해넘이가 끝나니
창살 너머 보름달이 뜬다

가는 놈 오는 놈이
저리 어김없는데
쳇바퀴 맴맴 나만 속절없다

살고 숨 쉬는 일이
다가 아닌데
숨만 쉬고 사는 내가 부질없다

곧이어 별이 뜨리라
제가끔 어둠 속에서
제자리 찾는 별처럼

오늘은 나도
창살 저 바깥에다
모처럼 흔들리지 않는 쇠말뚝 하나
꽝꽝 박고 싶다

2020. 3. 7.

죽어라 안 죽는 다까끼

발자국을 밟아 뱀을 여럿 잡은 솜씨란다
토끼란 짐승은 뿔을 꺾으면 손쉽게 잡는단다
자살을 거꾸로 읽으면 살자다
근데 살아서 무얼할까
뱀다리 나꾼 놈이랑 동무나 사귀랴
뿔 꺾어 사냥한단 놈이랑 토끼 마리나 잡나
강아지 풀 뜯는 소릴랑 고만 거둬라
살자를 거꾸로 읽으면 자살이다
어여 죽자꾸나
아직도 이따위 나라가 있다는데 화딱지가 치민다
뱀다리 볶음 실컷 처먹고
토끼뿔 곰탕 배터지게 처먹어라
풀 뜯는 강아지 삶은 고깃점도 주둥이 찢어라 처먹어라
난 뜰란다
막돼먹은 나라가 스스러워
패랭이에 바랑 메고 훠이훠이 뜰란다
잘 살아라
잘 처잡숫고들 부디 방바닥 똥칠하도록 오래오래 살아라
강산 뒤집은 지가 언젠데
신세기 체조에 아침 명상이라냐

아직도 박정희 다까끼 시대가 그립더냐
아예 돌도끼 시대 새마을 타령 입에 달고
엉덩춤이나 흔들지 그러냐
머슴이 쥔 노릇하고
쥔인데 코뚜레 꿴 집짐승마냥
입도 벙긋 않는 이 땅이 지긋지긋도 않더냐
너네나 개돼지 노릇 무장 더 당해라

골 텅텅 벼 행복한 너희 떨거지한테
쿠데타 축복 곱빼기가 있을지니

2020. 3. 1.

냉이

창문턱 묵직하게 해가 산잔등을 탄다
미끈둥
곤두박이치면서 해는 하늘을 흘기리라
아쉬워
치미는 불덩이 꾹꾹 눌러
이다지 벌겋게 속 삭는 숯덩이가 안쓰럽다
마저 다 버리자면서
살피듬 깎고 또 깎느라 울먹울먹 울상이다
울음보 절로 터질 듯 목울대가 뜨겁다
모조리 덜지 못해 망설이는 내가 문득 밉둥 맞다
물끄러미 땅바닥으로 눈길을 거둔다

겨우살이 앙버틴 냉이 이파리가 거짓말처럼 파랗다 정말

2020. 2. 29.

비 오는 날

오늘은 내리 비가 내릴 떠셉니다
빗물이 마치 핏물 풀다 만 눈물 같습니다
뀐 불빛 머금은 낙숫물이 빨갛습니다
피눈물이 절로 꽃이 될 수 있을까요

채찍 사납게 빗물 때리느라 아픈 여긴
바닥이 아니라 가슴팍입니다
움푹한 그 자리에 꽃씨 한 톨 심을 수 있다면
빗물은 더군다나
차갑거나 쓰리지 않을 듯싶습니다

온대도 이엄이엄 사나흘은 부지런을 떤다는 빗줄깁니다
오늘을 적시고 내일까지 젖는다면
기억 아스라이 해묵은 겨울도 지우겠지요

2020. 2. 24.

다시 그리운 남쪽에서

딱히
봄이 오는 요즘이어서만은 아니다

내 안에 자라는 그리움더러 억세지 말라고
쓰다듬듯 나는 풀싹을 센다

어쩌다 풀잎에 손을 벤다
그러나 마음앓이에 베인 옛사랑만큼 아프진 않다
널 볼 수 없다면 홀가분한 햇살도 거진 시금쪽하다

단칼에 베인 구름이 날렵하다
저딴 돌음새면 궂은비 오늘은 어드메쯤 적셔 후줄근할까
문득 파르스름하게 질린 제비꽃이 먼 윗녘을 꼬는다
덫에 치인 짐승처럼 이마빼기가 불현듯 서늘하다

엇갈림 끝내 어설픈데다 뼈앓이는 뜻밖이라
웅어리 차라리 악지 뽑듯 깊숙이 도리고 싶다

드팀새 속없이 앵돌아앉아 씨알 굵은 조바심이여
다시 그리워서 눈물짓는 남쪽이여

2020. 2. 27.

흉터

보고 싶다
기다리는 내게서 살점만 한 아픔덩이가 뚝뚝 떨어진다
넌 지금쯤 어느 모퉁이에서 날 그리워할까
내일은 하루해 마치도록 비가 뿌린다니
우리 만남은 부디 그보다 일렀으면 바란다
절망이 뚝뚝 똬리 튼 자리에서
쑥처럼 쑥쑥 희망이 솟는다
봄꽃 축제가 한창인 어느 시냇가 복찻다리께서
널 본 듯싶다
사람 속에서 다따가 외로움에 몸서리치는 건
오래 묵힌 내 몹쓸 버릇이다

선불리 보고 싶어하지 않으련다
건몸 안 단대도 넌 오고야 말 테니까
언제나처럼 장미 한 송이 목을 치리라

아직 목숨 붙은 장미가 내 손을 떠날 제면
장미로 탈바꿈한 네 손마디가 싸늘하리라

가시 날카롭게 찔린 꿈에서 난 여적 사랑이 아프다

2020. 2. 24.

머잖아

안 떠나려는 겨울이 기어이 입춘을 붙든다
꽃샘추위는 뻔뻔스럽게도
까치발 총총 숨을 구멍을 찾는다
겨울바람에 눈물 그렁그렁 맺으니
긴가민가 걸음마 갓 뗀 봄비야 맞다

내일은 해님마저 말미 얻은 날이란다

한나절 울먹울먹 빗물에 젖으면
내게서도 새 순이 돋으리라
구름 업은 산 어깨도 고뿔 털고 기지개를 켜리라

가슴팍에 발돋움한 새싹은 아버지 어머니께 고이 부치자
새 잎 새 꽃 피어 무덤가 멧새 날걸랑
날 본 듯 웃으시라고
그 웃음보따리 풀고파 내 언제고 가고 말 테니
셋이 모여 오순도순 애기꽃 모짝 피우자고

2020. 2. 24.

푸른 강에 부쳐

첫 한강 나들이
다섯 살배기는
스티로폼 패트병 나부랭이에 이마를 찡그렸다

만 다섯 귀빠진 날
수안보에서 된똥을 싸듯
시 한 편을 순산했다

　　푸른 강이여 나에게 오게
　　그대가 떠난 그 강

다음 날 진똥을 깔기듯
한 붓 한 줄 시를 덧드렸다

　　푸른 강이여 나에게 오게
　　우리 태양은 지지 않는다

이날 흑요석 눈알은 날 떠서
다섯 살배기 시에 알배기로 빛나기 시작했다

너랑나랑 갈라 친 쌍무지개가
우리 시에 나란히 돋는 날
흑요석 태양도 지머리 지지 않으리라

2020. 2. 21.

어떤 날

딱 한 잔 오롯이라도
알콩달콩
너한테도 한 잔
나한테도 한 잔이었다

그날 우린 동전까지 탈탈 털어
달랑 한 잔 커피를 시켰다

눈치껏 설탕을 풀고
염치껏 웃음을 머금었다
그걸로 너끈했다

한 자리 마주 앉은 뿌듯함은
채 삼십 분 미쳐였지만
시간은 삼십 초처럼 잽싸게 흘렀다

통금이 등 떠밀어
너를 먼저 보낸 배웅길
하고많은 말 여지껏도 쇠털처럼 쌔고새
나 돌아갈 집이 먼 줄도 몰랐다

2020. 2. 21.

그믐초승

아침 한강
눈시울 여태 붉어 햇살이 춥다
서늘한 불덩이다

엇갈리는 유리창 너머
바람이 스친다
흐르는 물일까
거스르는 물일까
은비늘 반짝 잇몸이 시리다

멍든 가슴 까맣게
제 옰인 줄 몰라
한강은
이제도 맵찬 불잉걸
사나운 숯덩이다

느루 하얗게 탄 울음이다

가거라 올해야
오거라 이듬해야

동강 나누자꾸나 모짝

불뚝성 먹고 자라
어느덧 예순 해묵은 젊음이여
가거라 차라리 가뭇없이
가걸랑
마저 삭은 일흔 살 어린 초승싹은
부디 새 살 입고 오려무나

2019. 12. 31.

그 섬을 등지며

혼잣손 덩그마니
절 가둔 붙박이가 어찌 섬뿐이랴
뭍에 대다 간둔 멍엣상처투성이 어정쩡
온몸 끝끝내
날짜 안타까운 덩이 하나로
오도카니 뭉친 듯

솟을바위 울퉁불퉁 검댕 돋을새김에도
낯가림 딴짓 어림없단 듯
케케묵은 성깔 못 참아
바다는 입때껏 채찍 거품 하얗게 후려친다

오솔길 끊겨 갯가 바다랑은 숫제 등지고
쑥부쟁이도 모래톱 앞에선 멈칫
제비나비마저 열이면 열 낭떠러지 아래 고꾸라진다

소금버캐 말간 햇살은 엊그저께 그대로고
용궁 따윈 아랑곳없어 비행장엔 비행기가 뜨는데
오늘 나루를 건넌 나는 참말
그 섬에 닿기나 닿은 됨됨일까

펄에 엎친 똑딱선 멀찌감치
쌘구름 물너울 말끔히 가신 썰물 바다
이름처럼 까마득하다는 전설 속 고래를
만난 듯 만 듯 스친 나는

섬은 아니고
나그네는 아니고
배따라기 갈매기는 더군다나 아니다

문득 예도옛날 허물 쑥스러운
하루아침 땅끝 아시아실잠자리 겹눈처럼

갓바다만큼 돌무덤 쭈뼛한 어느 산골짝
아닌 벙어리 나팔꽃 씻은 입처럼

2019. 5.

379GP[5)]

백석산 귀퉁배기 379GP에선
눈 비비는 아침을 모다깃매찜질로 연다죠
첫밦 병장이 바로 밑에 군번부터 손보면
뒤이어 상병 일병이 끄트머리 쫄따구까지
콧김 세찬 손바람 서늘하게 줄방망이 차례를 잇죠

허리 깊숙이 철조망마다 서린 닭똥 눈물을
엉덩짝 묵직한 아픔으로 고스란히 받으며
다들 그럭저럭 이등병 시절을 견딘다네요

한달음 건넛산 인민군 GP에서
하루 50원 장바닥 고추 하나 못 사는 목숨값에 사느니
의거 월북하라 걸핏하면 왈왈 짖건 말건요

379GP 언덕배기 아랜 인삼밭 골짝이래요
개나 소나 좋다는 인삼이고
오래 손 안 타 거의 산삼이나 한가지라지만
거긴 지뢰밭이죠
미제랑 소제랑 누가 뿌린 놈인지

---

5) guard post 준말, 최전선 배치 적 관측 수색부대 또는 경계초소.

쌔고쌘 쪽이 지뢰인지 인삼인지
캘 엄두 병아리 눈곱만큼도 없는 나야 모르지만서두요

낭떠러지 옆구리겐 불고기 벙커래요
어느 해던가 한가위 국군 소대 하나 통거리
마을 아낙네 술대접에 까딱 함께 골로 갔다가
후림불 인민군 화염방사기 날벼락 탓
꼬치 불고기처럼 그슬려 까마귀밥이 된 바람에
새로 379GP를 쌓더란 얘깃거리가
귀썰미 심심찮게 안다니 입줄에 오른다나요

요기 한 마장쯤 건너께 멀찌감치 눈대중 더듬을라치면
안방 건넛방처럼 들락날락 원산 오가던 한길 자리라는데요
요즈막엔 집터며 사람 그림자 꿩 구워 먹은 듯 바이없어
해묵은 숲덤불만 덤부렁듬쑥 헝큰 더벅머리만큼 빽빽하다죠
새새틈틈 포플러나무 꼭지점 언뜻 길쭉이 두 줄일랑은
예전 심은 국도41번 가로수 자취라는데요
양구 인제 장돌뱅이 등짐 봇짐 지고 이고
하룻길 한나절 한밑천 부푼 꿈에
뻔질나게 원산장 주름잡던 나들잇길이라죠

부디 남북 한몸 대한조선 통일 물꼬 튼 날은
일찌감치 원산장 가서
막걸리 한 통은 느긋이 앉은자리에서 마시고요
한 두어 통은 허리춤 묵직이 차고
술 익는 마을 타는 저녁놀처럼 알딸딸한 김에
내처 집에도 안 들르고
내친걸음 냅다 소양강까지 냅뜰 맘 굴뚝 같은데요

참말이지 코딱지만큼도 거짓말 안 섞고요
홍얼홍얼 콧노래 타박타박
얼떨결에 두물머리 나룻목 섭슬리면
남한물 북한물 뱃머리 한데 얼려 오롯이 한물이고요
쏘가리나 가물치나 저냥 한맛
딱히 빨갱이라 꼬리치는 물고기는 더군다나 없다죠
해질녘 달빛 별빛 한데 얼비쳐 그윽할 제면
하다못해 대동강물이나 한강물이나
빼닮은 오누이 볼그족족 물든 뺨처럼
곱디고운 복사꽃 한빛이고요

북한산 자락 오르명내리명

붉으락푸르락 미어터지기는
걸음발 앞서거니 뒤서거니
남한 토박이 떠들썩 한가득이라죠
가뜩이나 남한산 자락 샅샅이 훑는다 쳐도
알짜배기 빨갱이라면 씨 마른 지 오래라
눈눈이 뱁새눈 불을 켜도 못 찾고요

예배 핑계 김에 변죽울림 엔간찮이
숫사람 삥깨나 존조리 뜯자면
십자가 약발 갖곤 무턱대고 밥줄 꿇릴 턱
아무려나 빨갱이팔이가 쓰잘데기 첫손인가 보죠
꼬깃꼬깃 코 묻은 돈도 넙죽 땟국 고린전도 냉큼
멍첨지 돈방석 옳다구나 한 곬 후루룩 짭짭 잡숫자니
손님맞이 싸구려 예수떨이 불신지옥 갖곤
도무지 성 안 찬다니 어쩐다죠

거짓말 하나 안 보태고 379GP 문턱 저 너머에서나
먼발치 기어코 드문드문 보는 빨갱인데요
아스팔튼지 십 원짜리 빤쓰인지 어떤 콩깍지 눈깔엔
아주공갈 염소똥인지 일 원에 열두 개짜리 빨갱인지

동에 번쩍 서에 번쩍 잘도 잘만 뛴다네요

벼락치기 막돼먹은 빨갱이 사냥꾼은 아니라면서
천국 걱정 핏대 돋우다 아닌 꿍꿍이 허튼 입심 멍멍
곁다리 긁어 나라 걱정 괜시리
큰소리 흰소리 침방울 헤픈데픈 약을조차 파시니
아예 대놓고 학을 떼 콧방귀 뿜기 일쑤라죠
눈뜬장님 코흘리개마저 생김생김껏 뻥 치시라
깜빡 속을까 말까고요

어물전 꼴뚜긴데 번지수 된통 그르쳐
싸전 뒤짐 궁뚱망뚱 능청 떨다간
똥바가지 욕바가지조차 싸다마다지만요
하나님도 혼난 높은 분께 그래서야 차마 쓰나요
딴에 지레 죽고 못 살 노른자 빨갱이
한 트럭쯤 사부자기 건질라치면 말이죠
저 윗녘 압록강이나 두만강 깊숙이는 간두고서라도
인삼밭 골짝 불고기 벙커 거쳐 41번 국도길 탄 다음
적어도 원산 장마당 어름쯤은
바닥바닥 찜없이 긁어야 노다지판 아닌가요

간 김에 예수께서 눈가늠 잠깐은커녕
가라사대 단 한 차례 손댄 적조차 없건만
인삼을 알토란 산삼으로 쓱싹 바꾼다는
숫눈 깜짝 지뢰밭 골짝 기적은 뜻밖에 덤이라네요

머 이삭 줍듯 살살 꼴리는 만큼씩만 챙겨도
공돈 좋고 목사 좋고 누이 좋고 매부 좋고
한발 까딱 간덩이 부으면 눈먼 천국열차까지 공짜라니
대머리 안 깎아도 부디 아니 좋은가요

가다오다 적이나 개발에 땀 젖어
379GP 오르막길 다다라 한숨 돌리고 싶을 때쯤
고추 먹고 맴맴 비탈길 아래 보면
산삼 삭은 물맛 달짝지근 혓바닥 감친다는 우물장인데요

한겨울 언젠가 아침 바람 찬바람에
호호 언 손 울며불며
소대장 양말 빤쓰 빨래 심부름에 불쏘시개 줍다
덜컥 대인지뢰 밟은 탓 갈가리 찢겨
뼛조각 제대로 못 추린 살점 부스러기만 남긴 채

일병 따까리 하나
한목숨 못다 펴 스러진 주검 자리라죠

미처 휴전선 언저리 베돌고 에도느라
앳된 스무 살 아직 마른 울음 삼키는 넋
오갈 데 몰라 물끄럼말끄럼 여태 쓸쓸하걸랑요
깍짓손 우러른 기도에 손수 부쳐
까짓 미련도 푸념도 몽땅 떨치고
인젠 하늘나라 성큼 오르자면서
팔짱 살갑게 앞장 척척 천국열차 자리 함께 잡으면요
할렐루야 절로 아멘
큰절 기꺼이 바치고 길래 높은 이름 기릴게요

말 갈 데 소 갈 데 거칠 데 아주 없을 푼수신데
41번 국도 언저리여서 꺼리고 자실 일은 없겠죠
날 궂어 어쩌다 닭똥 같은 구슬비 스산하거들랑
오늘이라도 훍탕 바짓자락 총총들이 먼지꽃 일게끔
밤송이 우엉송이 마다 말고
모쪼록 379GP로 부리나케 달리시길

2020. 10. 15.

2부

저녁이 있는 삶

가난은 가난끼리 욱지른다

느루 달무리 젖는 한밤
콩나물시루 마을버스엔 오종종
저마다 한걱정 게슴츠레

싹 다 모른 체 눈감는다

쓸모 끝장 지친것 한살이
파김치처럼 절어
언덕바지 오른대야 탈탈이
대물림 반지하방엔 돈걱정이 겅성드뭇하다

이마빡엔 주름살 가뜩한데
오늘따라 서늘한 구들
무르팍이 시리다

일없다
밝도록
이 저녁 비가 오리라

2018. 12.

코스모스 필 무렵

첫서리 치고 살얼음 얼도록
꽃이 피지 않았다

코스모스는 딴 꽃이 시새웠다

어깨를 스칠 듯
나팔꽃 봉숭아
하다못해 국화꽃도 벙그는데

쥘손 어떡하다 흙수저
짝 짓고 새끼 낳고 집 짓는 꿈이 스스럽다

땡볕 가뭄에
스물 몇 해 만이라는 불볕더위조차
제 잘못인 듯 멋쩍어
코스모스는 죽은 듯 움츠렸다

영영 꽃 필 낌새 아득해
은행잎마저 노랗게 고비삭는데
뉴스는 오늘도

싸구려 젊음을 떨이친다

2018. 11. 1.

거스름돈

십 원짜리 한 닢 달랑
이걸 얻다 쓰나
아무짝에나 우수리

바닷내 비린 장터 중앙통
외할머니는 궁둥짝 털락말락
한나절 꼬박
열무 서너 단 배추 두어 포기
한 다라이 포개고
잘 개킨 똬리처럼 오도카니 앉아
양은대접 막걸리 목 한 모금 축이곤
다 저녁 때까지
빈 배를 속이고 또 속인다

손주 놈 이빨 빠진 웃음 이냥 기꺼워
비릿한 욕지거리 땟국 전 쌈지 끌러
에꾸나 내 새끼 일 원 옛다 한다

한 닢 달랑이라도
일 원짜리 하나면 열무 한 단인데

왕눈깔사탕 세 알 아니면 막걸리 한 되 값어친데
인젠 어쩌다 십 원짜리 쓸모는 말짱 꽝일까

외할머니 동그만 웃음이 합죽
앙가슴 돈짝만치 겹쳐설까
나는 적이나 허청허청 해거름이 서름하다

2018. 8. 4.

살림살이

앞니 빠진 새앙쥐는 쥬주네 집에 산다

엄마 빈자리쯤 아랑곳 않아
소꿉장 달걀 부침개 없은 밥이랑 맛나게 차리고
커피도 끓여 제법 손님 앞에 나순다

별빛은 산그늘 들락날락 어제처럼 반짝이는데
오순도순 봉숭아 웃음꽃 물들이고
오늘 밤따라 아이는 지어미처럼 어른스럽다

여섯 살배기 쥬주랑 새앙쥐가 사는 집은
숢고개 언덕바지 다락 같은 삼 층 옥탑
불빛 살가운 아빠 책상 위에 있다

2018. 7. 4.

담배

여보시게 안 그래도
티끌 먼지 하야말쑥할 날 깜깜이라 안팎 시끄러운데
요만 좀스런 터무니 갖고설랑
까탈 요다지 머쓱해서야 얻다 쓰겠는가

가지랑 토마토도 감자랑 고추랑 피망도
타면 골칫덩이라는 니코틴인데
오만 욕바가지 뭉뚱그려 혼잣손 곧이곧대로 대끼자니
구박데기 숫제 아니건만 괘씸죄 열쩍어 어디 쓰겠는가
생나무랑 연탄도 삼겹살도 기름이란 기름도
타면 생기더란 타르라지만
이름뿐
담뱃진은 거기 타르랑은 하늘땅 만판 다르다던데[6]
빨갱이 사냥 싸잡아
몸에 나쁘단 손가락질에 낯바닥 삿대질까지
혼잣속 무릅쓰자니
참말이지 한껏 애끓다 모짝 애 마를 일일세
아무렴 화력발전소에
공장 시꺼먼 굴뚝이나 자동차 배기가스에 더할까

---

6) 담배 'TAR'는 'Total Aerosol Residue, 연무제煙霧劑 잔여물 총량' 준말.

고름이 살 될 일 없긴 마찬가지더란
전자파에 환경호르몬은 또 어떤고
거기서 거기나던가 아니면 외려 몸에 좋아 새 발 피던가

관청 극장 백화점은 말해 뭐할까
기차 택시 버스에서도
옛날에야 한 가치 척 뽑은들
주둥이 아플세라 국으로 덤덤들 했는데
인젠 볼 족족 게거품에
어질병 도져 지랄병 벅적들이니
나프틸아민 니켈 벤젠 비닐크롤라이드 비소 카드뮴이
어떡하다 골라도 난딱 담배 탈 적만
덤부렁듬쑥 볼가진다던가
한 밭뙈기 뿌리박아 한 물 먹는데다 한 하늘 이고 사는데
고놈들 콩나물 사과에 고등어 달걀 쑥갓 따위에
숨을 턱거린 아예 없다던가

땅 설고 물 선 옥수수에 감자랑
곁두릅네 조치갭네 즐긴다는
조각 닭살 KFC 튀김이랑

온갖 잡고기 부스러기 반죽 갠 맥도널드 햄버거
게다가 유전자조작 밀가루 버무려
난 데 모를 질소로 동인 과자 따윈
이딴 알갱이 털끝만큼도 없고
마냥 깨끗해서 피가 되고 살 될 뿐이라 친다던가
몸에 좋은지 나쁜진 다리 짤막
고만고만 도토리 키 재기 아니던가

딴은 못 배우고 가진 알천 얄팍해
숯덩이째 타는 무지랭이 속내
곤죽 팍팍한 땀투성이 일투성이 녹초 부른 마음결
스스럼없이 토닥일 제
어디 담배만큼 따습고 도타운 벗바리가 또 있을라고

저기 까마득한 고릿적
담배 아직 이 땅 발 디딜 일 아주 없을 적
이 땅에 담배 연기 한 오라기 없어
누군들 될성부르게 암 하나 안 걸리고
오래오래 가는 똥 누고
머리 희끗 바람벽 똥칠하도록 잘만 살았다던가

무슨 오 아무개란 시인은
입에 물기만 물면 꽁초를 만든다고
이백 개빈지 이십 갑인지가 하루치라서
딴이름 꼽아 공초라더냐 골초라 일컫더만
그럼에도 잘 먹고 잘 입어 일흔 코앞 넘길락 말락
걸때 탄탄 들차게만 살았다는데

애개개 거시기머시 의사라더냐 박사라더냐
오래 배워 머리 큰사람입네 떠세
징글징글 참말로 징하이들
우김성 핏대 불끈
간접흡연이 직접흡연보다 곱쟁이 나쁘다니
뭐뭐뭐 맙소사 아닌 밤 잠꼬대도 아니고
직접 불질보다 간접 불질이
그빨로 더구나 무섭더란 허튼 다짐
머리 가죽 터럭 돋은 뒤로 귓구멍 처음 듣네
나한텐 다들 땅뜀 모를 헛바람 멋대가리 시뽈 입초실세

어느 하루 먹은금새 뜬금 갑절

나라에 골나 뿔딱지 뻗칠 탓
이녁이 날 버린다손 쳐도
알짬 속내야 돈값 탓이지 어디 내 탓일까
내야 아무튼
오랜 동무 자넬랑 버릴 일 코딱지만큼도 없으니
이쯤 엔간만 느꺼워 이드거니 골딱지 풀게나 그려
자네야 날 버림치 삼아 옴딱지처럼 떼든 말든
내야 내리받이 기다릴 터수니
언제든 맘 놓고 도로 수이 오시게나

2013. 5. 17.

메시아를 기다리며

메시아는 절로 오지 않는다
너 혼자든 여럿이든
악머구리 끓듯 방언 기도해야 메시아는 꿈쩍도 않는다
투표를 하렴
젊으나 늙으나 젊은 마음아 투표를 하려무나
언놈이고 통틀어 성 안 찬다며
쥐방울만큼도 어림없다며
다 기권도 권리라며 너희가 주저앉을 때
적그리스도는 혀 날름
허연 이빨 새 진정 기뻐 허연 웃음 머금는다
살맛 꿀맛 나라 달라 한사코 졸라야
메시아는 너희가 십자가 매단 지 너무도 오래
한번 닫은 에덴 문도 거저 열 일 도무지 없다
밀면 당겨라 물이못나게 뻗대야
힘센 놈 가진 놈 고스란히 로마랑 한통속
어중이떠중이 짐짓 두남두는 척해야 다 끄나풀 한 사탄 패거리다
앞가림 팍팍하든 말든 너희 보듬을 사람은 너희뿐
먹을알 덜퍽지고 으늑한 나라 목매
앉은 채 굴뚝같을지언정 개 발바닥 맨 땀일 뿐

젊으나 늙으나 젊은 마음아
투표를 하렴 투표를 하려무나
일떠서라 에덴을 도로 찾자
호랑이 담배 먹을 적 에덴 빗장 도로 풀자
늙음아 젊음아
인제 너는 투표하는 메시아로 오렴
인제 너는 투표소에서 부활하는 메시아로 오려무나

2013. 5.

그릇

그릇은 쓸모가 채움이 아니다
비움이고 덞이다

저근덧 덧없다
모으지도 쟁이지도 말렷다
하늘 아래 땅울림 대차게끔
쩌렁쩌렁 한입 자배기만 하게
그릇은 외친다

비우지 않으면 채울 수 없다며
아차차 때 놓치면 한갓 쓰레기라며
저한테 담지 말고
남한테 담을 때 참 그릇이라며
깨알웃음 머금는다

거저먹자 박 터져라 그릇 싸움 감투 다툼
목 비틀어 게염 부리지 마라
씀새 적은 천산지산
아끼다 똥 되면 일쑤 버릴 씀씀이 아닌가
담을수록 채울수록 너야 꿀꿀이 속 좁은 종지다

열이 덜어 한 순갈서껀이면 하나 몫이 덤인즉
까짓 베픎 즈음 홀딱 벗고
똑소리 부리나케 비울수록 너야 말가웃 함지박이다

그릇은 쓸모가 채움이 아니다
몽땅 비운 그릇임에 웃음꽃 왕창 통터진다
통틀어 나눈 그릇임에 통 큰 웃음 터뜨린다

2012. 5.

겨우살이

꽃부터 죽이니

이파리도 죽이고

그예 헌신짝처럼 버리니

열매마저 남 가지라 깡그리 버리고

그제야 목숨 간동
허우대 겨우 사니

새 살 돋을 봄
정녕 그제야 온다니

2011. 10. 25.

박명薄明

내금강 해금강 허리 토막 친 총질에
더 가잘 데 마뜩찮아
해질녘 바다는
한바탕 꺼억꺼억 울었다

그제쯤 나진이나 원산 나루께 들른 물일까
게 고만들 진득이 머물지 못해
오늘쯤 시부저기 영랑호 어름께 닿았을까

장사항 모래톱 아스라이
걸쭉한 막걸리빛 울음덩이
먹고파 배고파 부레끓듯
곰삭은 고픔
서린 놀란피조차
고스란히 게워 이녁 보라 엎치는가

북녘은 소금처럼 쌀쌀맞아
하늘도 바람도 구름도 괭이갈매기 울음도
몽땅
막걸리빛 고름이었다

2011. 4. 29.

산 길

겨울 너끈 산대서 산이라지
골짝물 바람 맑을 둥 시리기로서니 멧새 포로롱

우뚝 훤칠 나무도
덤불숲 숨탄것도
자명성 졸명성 곧잘 산다는 겨울산

몸가축 달뜬 산꾼 발품 절로 묵직해
피멍 경성드뭇
길 혼자 죽을 맛 속절없대나

산
길
인데 하마

2010. 3. 30.

새삶자리

여보오
섭섭할 엄니 목숨 인자 걱실걱실 보내지 그만
일흔여섯 한삶자리 죄 깝살리도록
안팎 피붙이 살붙이한테 보깰 만치 보깼잖나
한 아들에 한 며느리, 세 딸에 세 사위 제가끔 살 탓
맨발에 가시밭길 대낄 만치 대꼈잖나
봇짐 등짐 똬릿짐도 훌훌 벗고 홀가분할 걸음 뜨시라
어미 딸 검질긴 끄나풀 인자 고만 섬뻑 풀지 그만

여남은 아낙 객쩍고 반지빠른 입초시쯤
술 겨워 번 놓을 예닐곱 남정 헤살쯤
볼꼴사나울 각다귀 네댓 놈 어깃장쯤
엄니 끽해야 헛헛 한웃음 웃으실라치면 암것도 아니잖나

눈 시리게 하아얀 치마저고리 피울음 질펀해야
떼 갓 입은 무덤자락일 뿐
까맣게 타 허수한 마음자리 안타까워 손길 뻗어야
휑뎅그렁 하늘자락일 뿐
안팎 우아래 게 어데고 엄닌 없잖나

여보야

암덩이 얹어 갈 목숨 갖고 가신 엄니 아니신가
꽃이랑 앙궈 똑 꽃처럼만 사신 엄니 아니신가
꽃이 꽃 보내듯 울음없이 말없이 똑 그리 보내지 그만

봐 멍울 앓이 말짱 병줄 턴 새삶자리
두둑하니 꽃이불 하얗게 덮으셨잖나
꽃신에 꽃옷 입고 해맑게 웃으시잖나
오죽잖은 사람살이 탈탈 털고
꽃내 끝끝내 끼끗할 예서 한돌림 새롭게 사시라
여보오 이쯤 냉큼 엄니 보내지 그만

2008. 9. 19.

꽃덤불

어둠 촉촉 깜깜한 땅
골골샅샅 집집 틈새 불빛 깜빡 새기로서니
넌짓 보매 똑 촛불이대

노랗게 애타는 한 송이 마음자리 뒤로 빼곡
하염없어 하늘 솟는 한 줄기 노여움 곁으로 섬뻑
올올 사를 목마름 포개고 가닥 또 잇대
하롱하롱 꼬리 무매 헛헛 촛불이대

까딱하면 꺼질세라 지레 애면글면 부둥부둥
요러매 지피라 돋우라 차마 사위스러워
제가끔 품었을까
요냥 어둠한테 꺼질세라 오롯이 품었을까 포옥

보매 멀리 수레 달구지 눈시울께도
높높이 껑충한 가로등 꼭지께도
발치께도 먼발치께도
결기 옹글게 날줄 걸듯 우정 큰바람 씨줄 얽듯
내남없이 너울너울 예제없이 찰랑찰랑
비단 물결 용틀임 뿌듯하매

결김에 에라잇
한달음 봇둑 너머 내친걸음 짜장 지긋이 성난 촛불이대

어둠 촉촉 입때껏도 깜깜한 땅
딴은 모르쉽네만 한사코 딴청입네만
깡그리 깝살릴 듯
한결 요렇게 끝끝내 희붐 새벽 스러질 제까지
마침내 샛노랗게 필 테냐
머리부터 발끝까지 끝끝내 타고 말 테냐

골골샅샅 어둠 걸쭉한 천산지산 함박웃음 환하기로서니
넌짓 보매 촛불서껀 똑 오종종 꽃덤불이대

2008. 7. 2.

나무 그리고 산

나뭇가지란 나뭇가지는 왜 한사코 하늘로만 오를까
오른대야 허탕인데 기 쓰기로서니 헛방인데
줄창 하늘만 우러를까
끝도 없이 악착스럽다
더러 땅께로 나부죽이 등 굽은 놈도 깨나 있드만
그야 가벼이 휜 등만큼이나 어설퍼
딴은 나무답기커녕 잡풀스럽드만
보렴
맨몸뚱이 나무끼리 앙버티는 겨울이 어떤가
물팍 시리고 어깨조차 결린데다
오른 귓구멍 하마 어둡고
두 눈구멍 나날 흐릿하기로서니
기침에 콧물 눈물 범벅에 얼조차 빠질락말락
일망정
한번 발끈 않는 겨울은 이미 겨울도 멋도 아닌 맹탕이다
보렴
희끗희끗 센 삼각산 머리꼭지 하늘 찌를 듯
봉우리란 봉우리는 왜 줄기차게 하늘로만 솟을까
더러 목멱산처럼 넙죽 엎친 놈도 있드만

2008. 2.

지금

늦가을 너벌섬 햇살은 말갛다
건물숲
된바람 속절없어 나뭇잎 어지러이 나난다
천방지방 가고파 진저리쳤던가
여름내 그늘 드리느라
초록빛 마음자리만 무거웠던가
마침내 저리 노랗게 비우고
가벼운 맘으로 훌훌 떠나는 거라
딴은 나무도 가만 잎을 보내는 거라

가만 네거리 신호는
보자

2005. 11. 22.

눈

보렴 나무 밑동 눈이
녹아 녹아도 더럽게 녹아
옳거니 얼룩빼기 꽃밭 땅
먼발치서 경성드뭇 녹느라 너더분해
올 때 첨은 한 톨 티 없이 깨끗했는데
짜장 환해 보암직했는데 꼴 보기 싫어
보렴 눈이
녹아 녹아도 가뭇없이 녹아
말갛게 햇살 되쏘느라
글썽글썽 눈물 젖은 누리
꺼먼 더께 날름 빨아 겨울 볕에 바짝 마르면
옳거니 그새 땅이 산뜻하고
검누런 꽃밭 흙이 상큼하고
나무가 밑동이 하야말쑥해 엄청 고마워
보렴 눈이란 눈은
하양단 옰로 저 아닌 남을 닦는가 봐
저란 저는 깡그리 깝살려
구정물 땟물은 한목에 갖느라
옳거니 깔끔함만 남 다 주는가 봐

2005. 3. 2.

씨는 꿈을 품고 기다리것다

곶감 먹다 딸애가 긴 머리채 출렁 씰 뱉더니
이거 심음 싹 날까 해서 고개 갸웃 글쎄다니까
검고 맑은 눈 초롱초롱 씬데 왜 싹 안 나
해서 그럼 한번 심어볼까 하고 달랑 한 알 심었는데
움이 텄음 했는데 하루 이틀 사흘 총총 가고
해 짱짱 비 쫄쫄 초순 중순 가도 깜깜
먹통이라 까맣게 잊었는데

… 두어 달쯤 흘러 어느 비 오는 날

버찌 먹다 딸애가 갸름한 손가락에 씰 집더니
이거 심음 싹 날까 해서 머리 갸울여 글쎄다니까
붉은 입술 쫑긋쫑긋 씬데 왜 싹 안 나
해서 그럼 한번 심어볼까 하고 달랑 한 톨 심는데
하아 감떡잎 그 이쁜 놈이가
껍덕 모잘 쓰고 그 멋진 놈이가
거기 촐촐 비에 젖어 섰것다 고맙단 듯 반갑단 듯
방울방울 눈물 듣것다

서녘 전라도랑 동녘 경상도랑 띠앗머리 하나인 날도

한 하늘처럼 남북 땅 한 핏줄 한 나라 잇는 날도 그렇게
그렇게만 오것다
씨
씨만 뿌리면 성큼성큼

2003. 6. 24.

달아 달아 밝은 달아

— 최인훈 동명 희곡에 부쳐

딱 한번 귀 막고 눈감아다오
청아
속아도 속았음을 외돌토리 모르는구나
속고야 속았음을 가까스로 아는구나
사랑 잃고도 사랑임을 못 깨치는구나
자랑 버려서야 자랑임을 겨우 깨닫는구나
굼뜬 내 귀멂을
멥뜬 이 눈멂을
청아
딱 한번 귀 막고 눈감아다오
너 질끈 치마 뒤집고 인당수 풍 빠져 눈 코 못 뜰 새
나 엉겁결 눈떠 너 없는 누릴 본다
사랑 잃어 추레한 내 몰골 이제사 본다
자랑 버려 숨죽인 어둠자락 늦게사 본다
양잿물 한 방울도 공짜배긴 없구나
믿는 도끼 아는 도둑 예라 옛다 꼼짝 마라
눈뜬장님 팔랑귀 내 어둔 맘에
달아 달아 솟아라
맑은 맘아 솟아라
청아하

2002. 12. 23.

난에프염

깃 바랜 비둘기 버정이는 아파트 담벼락 모퉁이
한길 가장자리 할머닌 좌판 한켠 쪼그려
나물을 다듬는다 물으니
콩나물 얼마치 취나물 얼마치 쪽파 단이 얼마친데 사난
말문 트자마자 오지꼬지 오무래미 합죽
뜸을 잠깐 들인다
적이나 파뿌리 희끗희끗 적잖은 나쎄신데
웬 장사시냐니까 비둘기 모일 주다 말고
아이엠에프 부도나 팍
아들내미 이승 뜨고 좀 있다 며늘아기 집 나가 똑
손주놈 솔봉이 서이만 남았다며 도토리묵사발처럼
까맣게 째진 찔꺽눈 꿈쩍이면서 주렁주렁
햇모과 탐스런 나무를 보는데 마침 공익근무요원 둘
번쩍 군화처럼 매섭게 다가와 새된 말투로
불법이라며 노점 걷으란다 나오지 마시라는데
왜 뭉개고 앉으셔 아등바등 약을 올리시냐며
딱딱하게 퍽
모자까지 눌러쓴 공익근무요원 다락같이 나무라는데
주섬주섬
좌판 챙기며 할머닌 그럼 어칫게

어칫게 먹구 사난 혼잣소리 삼킬 듯 뱉을 듯
입꼬리 합죽 앙다문다 찬바람처럼
한가위 대목 채비 재바른 치마바지
모이 쪼기 서두는 비둘길 좇고 법처럼
뻣뻣한 햇모과나무 든직한 그늘이기로서니
고부장한 할머니 등어리가 넉넉잡고 업더니만
목구멍 힘에 살지 포청 힘에 사난 어디
딴 데 가면 거미줄 치고 못 사난 중덜중덜 이 없는
잇몸 합죽 까칫한 일 자 입술을 깨문다

2002. 10. 3.

전나온야그

너얼드껍이라구야 그몬대
… 츳츳 그랴 시게고뿌라구야
대휜데 공차는기라구야
… 츳 기특허네
비엇부럿으니 차야제
밥 고픈 넘 밥 묵어 배 차고 신용불량 몰린 넘 돈 차야 누명 벗을시
감옥든 넘 형기 차야 자유 얻제
수레 달구지도 지름 먹구 배 차야 씽씽 달리제

… 채우는기 아니구 차는기라구야
그기나 그기나지
그릿스리라
허면 몬 온다구야
애비 귀 빠진 날인디 몬 때문야
이부제 땜시라야

… 츳츳츳 빈 곳 차얀담시
우덜 새끼 빈자린 어칫게 차얀다야
몰루다 차얀다야

2002. 10. 2.

3부

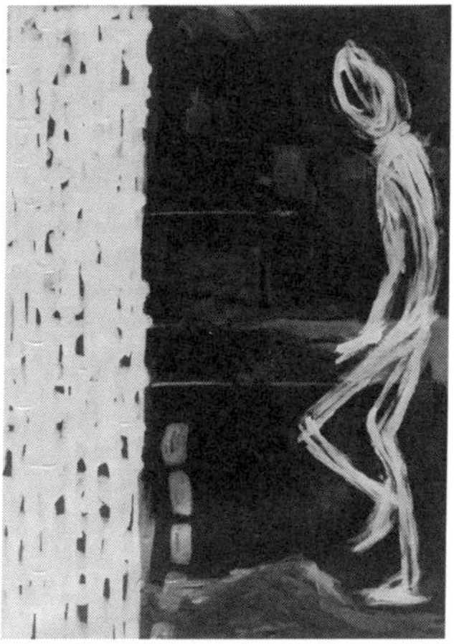

불새

— 최인호崔仁浩 동명 소설에 부쳐

태양은 훔쳤니
불새

사랑은 움켰니
금딱지 건 마지막 승부
이겼니

성당 불탄 불설운 마음자리

바보
지고 말 거

널 꺾은 마법은 불

너 무릎 꿇은 성당 마당
비, 비가 나린다
장대비가 나린다

2001. 6. 10.

백란축사白蘭祝辭

— 영화 '파이란' 편지

어서 오세요 강재씨
당신 지금 철사줄 목 옥죄 숨통 처깔 뺌치 간당 버겁지만
전 재생 화면 노래 부르며 할끔할끔 당신 보아요
당신 게슴츠레 뜬 눈 절 보지만
당신 눈길 하나로 전 가슴 다스워요
그악스레 불 덤벼 살 먹던 화장장
한 줌 재 남은 그때 제 맘성이 꼭 그랬거든요
내내 어둬 그늘 드린 세탁소 골방 즈음
전 언제고 당신 눈길 바깥만 서성였으니까요
어서 오세요 강재씨
철부지 쌩양아치 당신 그대로 사랑이어요
낫살 거꾸로 개수대 오줌 갈겨
꾸러기 우스꽝스레 빠떼루 놀이에
철딱서니 연탄재 쌈박질까지
삼류 양아치 남 다 따기로서니
두루춘풍 당신 그대로 사랑이어요
당신 눈가늠 어디메쯤 머물기만 머문다면
어리광도 철없음도 다 보듬을 수 있어요
그게 당신 갖고픈 사랑 아닌가요
어서 오세요 강재씨

죽은 겨울 뒤미쳐 새살 돋는 봄처럼
우리 죽음 끝은 옮매듭 아니라
풀매듭 새 사랑 첫밗이어요
모든 게 떠나지만
다시 오면 한바다 복판 도로 첫 자리 아닌가요
삶도 사랑도 고고성부터 단말마까지
어느 한 찰나나 바라지 겹긴 마찬가지 아닌가요
게다가 사랑은 늘
동네뜸 헤매다 맴돌다 겉돌기 일쑤였죠
어서 오세요 강재씨
당신 지금 철사줄 목 옥죄
관뚜껑 못질 꽝꽝 한 치나마 버겁지만
전 재생 화면 노래 부르며 글썽글썽 당신 보아요
변죽 울리다 엇나간 우리 사랑
기어이 죽음에서 만나네요
인제 죽어 다시 죽잖을 사랑이라면
외려 헹가랫감 아닌가요
기뻐요 강재씨 고마워요 강재씨
산 설고 물 선 이역만리 날 사랑해 고마워요

2001. 5. 15.

설꽃

돌동자 옹기종기
눈 머리 일동 쓸동
함박송이 소복이

추녀 지붕 가장자리
모닥모닥 둥치 그루터기

핫이불 개킨 양
흰붓 지난 자린 양
모처럼 핫옷 차림 누웠나

눈아
화안하니 피어 방울 눈물 글썽 눈아
송이송이 함박웃음 꽃 피는 봄
너 나 잼처
요만 조만치서 요렇게 만날까

아이 가슴아린 설꽃
외딴 절방 임자 설꽃

2001. 2. 2.

자두연두기煮豆燃豆萁

콩 심은 데 콩 나구 팥 심은 데 팥 난 생김생김 갖구
괭이 알이나 보득기 뗣을 일 무에람
콩이 콩더러
콩이 팥더러
팥이 콩더러
팥이 팥더러
파란 놈이 뻘건 놈더러
빨간 놈이 파란 놈더러
욱은 놈이 안 욱은 놈더러
꽉 찬 놈이 덜 여문 놈더러
새파란 놈아 새빨간 놈아 멱살잡인 왜 한대

줄은 끊어진 덩이를 이어 준다대
둘도 셋도 하나로 묶는다대
남도 북도 잇고
동도 서도 동이면
위건 아래건 모조리 하난데
신통방통 죄다 하난데
하날 나눠 둘 만들고
둘 갈라 넷을 엮어 편가르고

텃세조차 몽니조차 부릴 꼬라진 뭐람
그 뭐람

송사리가 송사리더러
송사리가 피라미더러
피라미가 송사리더러
피라미가 피라미더러
하얀 콩이 까만 팥더러
빨간 팥이 노란 콩더러
욱은 콩이 안 욱은 콩더러
꽉 찬 팥이 덜 여문 팥더러
잔챙이가 좀팽이더러
개뼈다구야 말뼈다구야 삿대질은 왜 한대
콩 심은 데 콩 나구 팥 심은 데 팥 난 생김생김 갖구
괭이 알이나 보득기 뗣을 일 무에람
됨됨 쨈새 아쉬운 대로 짝짜궁 사노라면
찧고 까불 나위 없지

2001. 2. 2.

ᄇᆞᄅᆞᆯ노리

먼 산골 앞뒤 건넛산 골짝 물도 첫 물길까지 거스르면
나우 술잔 하나 간신히 찰랑댈 겨냥이라지
높건 낮건 사람도
빨가숭이 벗기면 볼품 꽝 거기서 거기라지
그래 그런지 물이란 물은 다른 모두 높이느라
눈 깔고 낮은 데로 또 더 낮은 데로만 흐른다지 그치
저 경상도 어디 아니면
저 전라도 어디 낮은 골짝을 흐르거나
아니면 충청도 어름을 갈라 설사 에돌아 흐르다가도
꽁꽁 언 어둔 땅 밑이거나 위로라도 마침내 흐르고 흘러
그예 만나고야 만다지 그치
철조망 치고 대낮처럼 불 밝혀
이웃까지 불러 개새끼 풀어 밤새 지킨대도
저 건너편 패거리가 발 구르고
이 건너편 패거리가 소맬 걷어붙여도
신나게 흐르고픈 마음만은 넉넉해 막을 수 없다지 그치
어떻게든 하나로 만나 내남직없이
더 더럽다 덜 더럽다 타박 않고
얼싸안은 한마음 얼비친 한 바다 물로
어울리고야 만다지 그치

동서도 남북도 더도 덜도 말고 작작 그럴 일이다

오늘만은 제발 맹탕
그 싱겁디 싱거운 조바심이면 그만이니
오늘만은 제발 덕분
간장도 소금도 초도 치지 말아다오

2000. 6. 13.

대한미국 딴짓별곡

해 뜸 지지 않는 유나이티드 스테이츠 오브 아메리카
하와이 코리알 갔게
코리알 하와이에 비비고 섞느라 인자 막 계엄령 끝났게
텔레비전 켰게
청와대 정부종합청사 국회의사당 구청 군청 면사무소 동사무소 읍사무소
모두 모두 깡그리 태극기 내렸게
한낮도 삐까삐까 뗑뗑그렁 쉰 별빛 반짝이 성조기 올랐게

밥 팔아 똥 사더란 아둔패기 텔레비전 월드컵 축구해설위원 누구누군
한글리쉬 잉글리쉬 들쭉날쭉 콩글리쉬 징글리쉬 오락가락 되잖이 나불대다가 덜컥 빵깐 갔게
잉글리쉬를 잉글쉬답게 데데거리다 못해 엿 먹인 모국어 모독죄라지
게임이 너무 루즈합니다 양 윙이 미드필드서부터 좀 더 타이트하게 조여얍니다를
디스 게임 이즈 베리 루즈… 투 윙 타이트 프롬 미드필드… 따윗말로 안 뇌더란 사달인즉 드럼통 쌤통이게

유나이티드 스테이츠 오브 아메리카 하와이 코리아…로 주술 바꾼 날

유나이티드 스테이츠 오브 아메리칸 폴리스 투캅스가 한국나라 토박이한테

치도곤 피떡 안긴 바닥쇠 아메리칸 군바리 놈 꼭뒤잡이 암팡스레 오라지었게

낙동강 한강물에 독극물 페놀 푼 놈

동두천 불쌍한 매춘부 작살낸 놈

궤도바퀴 전차로다가 여중생 깔아뭉갠 놈

눈 한번 깜짝 않고 모두 모두 굴비 두름 엮듯 콩밥살이 줄줄이 깜방 보냈게

미군 이젠 우덜 나라 군대니깐 미군 범법자도 우덜 법정 박아야 외상없게 아싸구리

우덜 나라 게덜 나라람 미군 범죄두 게덜 우덜 나라 법대로 에움 불방망이 처벌이게 좋아 좋지

자국민 인권 돌봄 으뜸 나라답게 매향리 사격장도 빗장 땅땅 자물통 질렀게

제주 4·3 학살 노근리 민간 학살 책임자 처벌하고 대갚음 위령탑 세운대니 잘코사니게 좋아 좋아

어느 결 깜빡깜빡 포탄 총탄 소리 그리워

매향리 개구리 필리핀 일본 주둔 미군 사격장 올챙잇적 보러 놀러를 갔게

한글 말일랑 얼른얼른 잉글리쉬 징글리쉬로 바꿈질 뚝딱 덩달아 달뜬 줄달음에

글말이고 입말이고 똘똘 말아 땅밑 타임캡슐 처박질러 아예 따독따독 묻어부렀게

한글 과목 관짝 못박을 사품 수학능력시험 언어영역 모가지 뗑그렁 종 치니

신 벗어 손에 쥐고 버선 벗어 품에 품고 학생이고 수험생이고 천방지방 지방천방 우군우군 꾀더니만

교과서 한 권 줄어 즐

시험 하나 줄어 즐즐

인전 국어 못해두 잉글리쉬 징글리쉬만 잘함 돼 즐즐즐

유나이티드 스테이츠 오브 아메리카 하와이 코리아 만세 만세 만만세

아우성 삼창사창 쇳소리 들썩 동에 번쩍 서에 번쩍 두 발 구름 개판 깽판 북새를 쳤게

마빡 빤질 깜장 입술 튀튀 뭔 대통령직 인수윈지 뭔지는

초등학교부터 앞다퉈 경쟁력 기른다고 잉글리쉬 징글리쉬 몰빵 교육인가 뭔가를 팍팍 민답시고

입심 삐뚤이 어우런쥐 총장님 허수아비 앞장세우다 바가지 지청구에 코만 꿨다지

무슨 놈에 대박인지 적폐 창조 대통령인지는

UN 총회고 나발이고 연설만은 떠듬떠듬 징글리쉬 잉글리쉬로 이빨 잘만 씨불여 놀란 눈 휘둥그레 만들더니만

정작 잉글리쉬 징글리쉬로 질문하면 반벙어리 헛웃음 픽 모르쇠라는데 요건 뭐 말이게 막걸리게

저 실라적 당나라 말 안 쓰고

향찰 이두 혼잣속 딴짓 글자 갈음한 설총이 놈 고놈 무턱대고 혼뜨검 야멸치게 주리 작신 틀 놈이게

저 고려적 송나라 원나라말 공용어 안 하고

저 조선 적 명나라 청나라 나라말 상용화 안 한

태혜정광…인가…태정태세문단세…종인가…도 호박씨 깐 괘씸죄 매운맛 단근질 마찬가지게

본토박이 오리지날 한푼어치라도 빠지면 어금버금 산송장꼴 날까

내지인內地人 내지어內地語 내지문화內地文華 손꼽노라 배

알 무던히 삭을 탓 안달복달 애끓는 마음

입학에 채용 승진도 더불어 잉글리쉬 징글리쉬 야단받이 바람 불어 이판사판 복닥불 피 터졌게

한글리쉰지 콩글리쉰진 챙피잖아 앞앞이 징글리쉬 잉글리쉬로 수업 못할 선생 년놈

혼구멍 뜨건 맛에 대갈빡 빠개 다시는 교단 길처 얼씬도 못하게끔 후닥닥 내쪼갔게

곰팡내 코린 世、솅宗종御、엉制、졩訓、훈民민正、졍音흠일랑 고대사 박물관에나 가라지

눈구멍 빡빡 씻은들 양놈 왜놈 고약스런 오랑캐 말투 한 토막 없는 정극인 상춘곡 정철 사미인곡은 허드재비 불쏘시개로나 쓰라지 뭐

말버릇 걸레 씹은 '한자—하다' '한자—되다' '한자/한글—적' 뒤죽박죽 갖곤 대고 모자라선가

'섹슈얼—한' '글로벌—한'

'체인지—된' '세일—된' '스톱—된' '이슈—화—된'

'파트너—적' '바로크—적' '농산물지리—적 표시'처럼 말밑천 개돼지 나라 엇뿌리조차 나날 찰찰 넘쳐나는데

케이티에프—적 생각이 사람살이를 통째로 바꾸느라 얄

궂은 골골샅샅이

니뽄적 말치레에 잉글리쉬적 말본새까지 굿 치고 판치라 편든 민족좆썬똥아일본 큰 훈장 받아야 섭섭잖게

민족좆썬똥아 크디큰 신문답게 한글 전용 큰 물결 뻗서 군세어라 고리타분 한자 지킨 똥고집 참말 장하이

잉글리쉬 징글리쉬가 눈치코치 발 빠른 멍첨치 돈방석 떼돈 펑펑 눈먼 구멍인즉

무슨 서울대까지 때 빼고 광 한술 더 떠

텝스 개발합네 북 치고 장구 칩네 군눈 밝아 맨발 벗고 꼴값 좋이 떤다니 작히나 용할까

나랏말쏨이 잉글리쉬 징글리쉬와 달라

어린 백성이 니르고져 홀 배 이셔도 마침내 제 뜯을 시러 펴디 못할 놈이 겁나 많을까 어여삐 여기사

날밤 꼴까닥 미주알고주알 계몽에 계도에 참말 징글징글 징하요이

새새틈틈 한자말이건 잉글리쉬건 깨알 한글 토 단다고 물불 안 가려

새뜻한 이두 글말 만든 장인정신 설총인 저리가라 외딴 칠 솜씬즉 참말일시 장하고 징하요이

한글 한글답게 쓴 놈 저자 바닥 육시를 하고

잉글리쉬적이고 아메리카적으로 라이프화되지 못한 놈 아가릴 찢고 다리몽둥일 분지르다 못해 오살 물고를 내고

시건방 떨며 독섬 지키잔 개불상놈 니뽄나라 보내 대가리 싹둑 효수하고

주체 감히 간도 백두산 우리 땅이란 후레아들 놈 천지 물에 코쭝배기 빠뜨려 수장하고

김치 밥 처먹는 아들 딸내미 영양가 쭉쭉빵빵 켄터키 프라이드 맥햄버거 눈 딱 감고 껄떡대야 몸 튼튼 나라 튼튼이게

나라 사랑 강철 대오 좆썬똥아 서울대학교 교육〈인적〉자원부 문화공보부장관

미국대사 영어 몰빵 영어 연설 예의 바른 대통령 군손질거리 닦음질거리 쌔고쌔 영바람 신바람났게

팍팍 밀어줘야지 저 속 깊고 너르디너른 하와이 태평양 바다 밑바닥까지

이냥 빡빡 닦아 대한미국 똥구멍까지 싹싹 말아드시라고

팍팍 밀어줘야지 존 나라 존만 나라 우덜 나라 만만세

한국외국어대학교 터키어과 글방물림 세 해째라는 유림이는

엊그제께 여름방학을 틈 타 어학 연술 다녀왔다는데 글쎄

터키 말을 어깨너머 어려서부터 배우잖고 대학부터 익혀 안 힘들잖았냔 물음에

뭐 별로였다고 그저 씩 웃는데

이 모든 마당 살풀이가 정말 한 끔찍한 헛꿈 속 꿈이었음 싶대

2000. 6. 1.

무애無导

얼금뱅이 겨울 껍덕 안
낡은 살갗 뚫듯

여섯 살배기 흰 이빨 돋듯
설 새벽 힘솟는
어린 순은 한 살배기

머리 모시 바구니
할아버지 할머니 발밑
철 지난 아픔 삭아 새싹 돋듯

낼모레 동동
고새 일곱 살
어느새 일곱 살바라기야

강종강종 웃음 날고
노래 춤추는
하늘 아래 그 산

여러 천 년 아픔

오래 견딘 그 산

인제 끝이 시작인

철 낡은 산그늘 편히
오직 텅 빈 그 품만이
고스란히
뚝심인 걸 어떡하랴

2000. 3. 2.

똥

1

저 예도옛날 신라적 지철로마립간知哲老麻立干은 고 크다만 물건 탓 선뜻 아냇감 못 찾아 삼도三道를 두루 샅샅 톺다가설랑 게 모량부牟梁部 동로수冬老樹 아래로다 모처럼 푸짐하게 싸둔 고놈 북처럼 크다만 똥 한 덩이 낌새 빌려 하늘나라 아낙을 얻었다등마

2

똥 꿈꾸면 돈 생긴다등마 그래 득돌같이 똥 꿈꿨는지 홍부에 배알꼴려 돈독 오를 대로 오른 놀부놈도 어금니 도리깨침 질끈 고놈 돈에 목마를 깐 야물딱지게 돈벼락 맞고자파 슬근슬근 박 쪼깨자마자 칙살맞게끔 고만 제껵 돈벼락 커녕 먹성 사나이 똥벼락만 넌떡 처맞았다등마

3

붉은 듯 맑은 듯 이슬기 머금느라 햇살 마르기 여태 이른 아침나절 홀로 쪼글시고 다리 사이 궁둥짝 거시기로다 힘 직신 주노라면 고 뭉클뭉클 모락모락 김 나는 덩어린 한 덩이씩 두 덩이씩 시원시원 빠져 저 아래로다 건더긴 건더기끼리 멀국은 멀국끼리 오순도순 모여 푹들 안 삭등가

그때도 곰삭은 똥이란 똥은 온 똥 온 똥 잘 휘전 다음 똥장구 옴씨락 담아다가 소똥 말똥서껀 닭똥 염소똥 좋이들 곁들이고 두루 섞을 둥 비빌 둥 더미째 똥거름 삭혀도 쉽직하거니와 고 생긴 대로다가 앞뒤곁 텃밭 고랑 아니면 마당밭 남새밭 이랑으로 져다가 핑하니 흩뿌리기도 안 들 좋둥가

짜장 고래실 논밭 밭날갈이 풋것마다 뿌리는 대로 모도록이 스밀라치면 그래 건더긴 흐슬부슬 헤식는다 쳐도 맹탕 한 방울 멀국이란 멀국조차 한사코 버릴 머시라곤 콩알만치도 안 없잖둥가

똥 먹고 쑥쑥 큰대서 똥돼지라 부른 고놈도 나라 안팍서 인금만 손꼽이치고 또 마당자락 풀섶 가직이 아이놈 급한 김에 누어둔 한두 덩어리쯤이야 오명가명 동네 개 날름 한 입 꿀꺽 해치우기도 신나려니와 살 오를 무렵쯤 셋붙이 복날 토실토실 고놈 똥개 잡아 몸보신 짐벙지게끔 애어른 없이 입술 침 발라 안 들 즐겼다둥가

그렇잖으면 똥이란 똥 비바람이랑 햇살 머금은 만큼 살집 흐물흐물 북데기째 썩어 건발 두둑 빼곡히 녹을라치면 봄여름 문근 푹신 또 가으내 포기 배추 여린 잎잎이로다가 고 노오랗고 아름다운 날바탕 하나 남기잖아 잎살 통통 안 들 밴다둥가

검기도 검으려니와 푸석푸석 똥껍데기 얄따란 꺼풀로다 하얗게 남을 즈음까지 고 삭은 나머진 무 감자 고구마 게 눈 시리도록 희디흰 속살로다가 소담소담 쏙쏙 안 들 빨리잖등가

똥범벅 흙무덤 헤치고 앞뒤뜰 텃밭 오이 가지 호박에 부추조차 싱싱 무럭 자란 겨를에 제가끔 입맛 좇아 젓갈붙이 붓고설랑 파 송송 마늘 다져 붉은 고추랑 버무린 깍두기며 오이소박인 더 맛깔스럽고 설렘 끝에 된장찌개랑 덤 삼아 만나는 밥상일랑은 똥배 짱짱 한껏 들 부르잖등가

노른자 똥 먹어 기름 자르르 흐르는 쑥갓 깻잎 상추 이파리에 햅쌀밥 뭉텅뭉텅 싸고 미끈덕 똥 때깔 도느라 곰삭은 된장 발라 알맞추 한입 그뜩이 욱이면 이냥 보고만 있어도 혀 아래 어데라도 절로절로 침샘이 안 흥건하등가

연거푸 푸르뎅뎅 똥물 쪽쪽 빨아 푸릇푸릇 한물 상큼히 오른 풋고추를 베어 입가심 한입하고 후루룩 숭늉 마셔 부른 배로다 잠들면 다음 날 아침 반갑고 시원스레 또 고 뭉클뭉클 모락모락 김 나는 덩어릴 똥통칸에서 곧추 별 힘 들이잖고설랑 퍼지직퍼지직 안 퍼지르등가

더러 겨울이면 꽁꽁 언 멀국이랑 건더기랑 탑처럼 송곳처럼 뾰족이 솟는다기에 언 똥쯤이야 까짓 눈알 끔벅 곧두

서 갖고설랑 면바로 삽 겨냥 찍다가 얼낌덜낌 부순 얼음덩이 어쩌다 입 안 튈라치면 재수 옴 붙었다며 함부로덤부로들 침 퉤퉤 안 배알등가

더끔더끔 아부지 엄마 누나 형 똥도 내 똥도 서리 사이좋게끔 두엄더미 한켠 차곡차곡 모았다가 묵정밭 자드락밭이랑 고랑으로다 떠날 짬짬이까지 어우렁더우렁 그렇게 모셔 고이고이들 안 두등가

그다지도 허다한 똥무더길 뿌려대건 말건 아무런 된똥진똥 냄샌 없고 삼백예순 나날 때마다 바람은 맑고 하늘은 푸르러 사시장철 스스로 고요한 아침나라라 안 들 불렀다등가

고을고을 맑은 바람 푸른 물 넘실대 코 박고 물켜 아무렇게나 마셔도 살로 또 피로 갈 까닭 키꺽다리 안 부럽고 덩달아 몸무게도 푹푹 안 들 늘잖등가

4

저 예도옛날 신라적 지철로마립간知哲老麻立干은 고 크다만 물건 탓 선뜻 아냇감 못 찾아 삼도三道를 두루 샅샅 톺다가설랑 게 모량부牟梁部 동로수冬老樹 아래로다 모처럼 푸짐하게 싸둔 고놈 북처럼 크다만 똥 한 덩이 낌새 빌려 하늘

나라 아낙을 얻었다등마

똥꿈꾸면 돈 생긴다등마 그래 득돌같이 똥꿈꿨는지 홍부에 배알 꼴려 돈독 오를 대로 오른 놀부놈도 어금니 도리깨침 질끈 고놈 돈에 목마를 깐 야물딱지게 돈벼락 맞고자파 슬근슬근 박 쪼깨자마자 칙살맞게끔 고만 제꺽 돈벼락커녕 먹성 사나이 똥벼락만 넌떡 처맞았다등마

허 고놈 참 영물이등마 영검 하난 우악스레 드레지등마

이천만 서울 경기 주민 하루 한두 차례 궁둥짝 걸치는 수세식 변기 탓 똥물 흐르는 한강에 수돌 꽂고들 관계 당국은 깨끗하게 한강물로 만든 〈수돗물〉은 안전맞춤이라 마실수록 으뜸이로세 텔레비전 광고로다 수선깨나 핀다등마

에잉 참말일까 금메 먹는다손 쳐도 참말 하나 뒤탈 없이 깨끗할랑가

이 땅에 진주한 미군나란가 남덜 나라 군대는 물찌똥 선똥 마구 처질러 더러운 먹잇감이라고 우리나라 농축산물 안 먹고 깨끗하게 화학비료만 친다는 일본산 먹잘걸 맨날 비행기로 공수해다가 배창시 터지게시리 먹었다등마

어쭈구리 이제도 그럴까

에끼 그럼 방귀 뀔 사품이기로서니 똥냄새 하나 안 나 없듯기 향긋하려나

어이쿠 구려라 에라 더럽어라

이녁 허튼짓 똥만도 못하시 반편 맘보 아니꼽다 못해 참말 꼴불견 구질구질해라

2000. 1. 27.

시속 80km/h로 달려야 할 의무를 어마어마하게 어긋친 수레 달구지가 다다익선多多益善 작란作亂 아니게 많이 밀린 88번 도로에서 1999년 7의 달 기쓰고 방음벽을 넘다 비비 꼬인 덩굴식물의 몸서리

외마딧소리

난 가고 말 테야
방음벽 머나먼 저 너머 어딘가로
잎새부터 잔뿌리까지 메말라
지레 송두리째 죽어 대령하기 앞서
죽을 둥 살 둥 덥다 뿜는 햇살 먼지바람 공사 달구지
끽소리 하나 없는
훨찐 튼 저기 아스라한 어딘가로
방음벽아 난 소리가 아니야
마 막지 마 조닐

푸념소리

눈뜬장님 본때나 본 듯 뺑까지 마시라
골골살살 간데족족 어처구니냐
컴퓨터가 컴퓨터를 쓰레기로 만든 본새를
자동차가 자동차를 쓰레기로 만든 본새를
에어컨이 에어컨을
냉장고가 냉장고를

선풍기가 선풍기를
쓰레기가 쓰레기를 허섭스레기로 만든 본새를
나무는 나무를 쓰레기로 만든 적 없단 본새를
배추는 배추를 쓰레기로 만든 적 없단 본새를
사람만 사람을 쓰레기로 만든단 본새를
본숭만숭 콧방귀냐
심드렁펀펀 모르쇠냐

볼멘소리

죽을 둥 살 둥 덥다 뿜는 햇살 먼지바람 공사 달구지
끽소리 하나 없는
그림 닮은 뻔한 세상은 어데도 없으련만
난데없는 쓰레기에 아닌 쓰레길 묻는
염통 삐뚤이 쓰레기야
저 서양 나라 노머시기가 종말 쪽박 손금 보듯 오금 박은
1999년 7의 달은 올해 얄짤없이 달력에서 빛나는데
모로 긴즉 길 꽝꽝 막는 담벼락 아니면
쓰레기 산더미가 네 무덤인즉
부디 죽기 아니면 까무러뜨리기라고
머리카락 들킬세라 조닐 꼭꼭 숨으렴

1999. 8. 17.

수박타령

수박의 고통을 아는가
절박의 고통을 아는가
수작의 고통을 아는가
고통의 마침표는 기쁨이 아니다 또 다른 시작일 뿐이다
하염없는 고통을 견디는 꼼수는 허구한 날 비굴이다
살천스레 삐대며 농약이 스밀 때 수박은 이빨을 악문다
비에 바람에 씻기고 닦일 때 살갗은 검푸르게 질리고
날름날름 불볕 햇살 욱죄어오는 불기에
마음마저 뿔그죽죽 달고 데어
밤 추위 낮 더위 대끼느라
쓰다 달다 울다 웃다 잎도 타고 줄기 빳빳 말라간다
누가 수박의 고통을 아는가
누가 한밤의 고통을 아는가
누가 한여름의 새벽의 한낮의 고통의 고통을 아는가
고통이 고통을 불러 살갗을 헤집는데
입 없고 혀 없는 고통을 누가 아는가
끝끝내 탯줄 끊겨
땡볕 아래 끌탕 쓰라린 살덩이로 덩그러니 버려진
수박은 수박의 고통을
고통의 고통을 아는가 진정 아는가

잔인이란 잔인은 마침내 마침표가 아니다
마침표란 마침표는 잔인의 잠시 멈춤이고 미룸일 뿐이다
다시 찾아오는 잔인에 수박은 수박이 아니라
어쩌면 차라리 절박한 수작이고 싶은 거다
이빨 허연 칼날 바르고 마르는 대로
뻘겋게 익은 한 도막씩 두 도막씩
마음 갈가리 쪼개어 나갈 때
군침 다시는 입맛 허연 이빨에 씹히기까지
무서워 진정 무서워
떨다가 떨다가 드디어는 살점 검푸르게 질려버리는
수박의 고통을 아는가 진정 아는가
고통의 고통을 아는가 진정 아는가
그러고도 다시 태어나라고 씨를 남기는
잔인의 잔인을 아는가 기어코 아는가
이걸 모르면 수박도 수작도 개수작 개수박이다
개사망 이커서니다
이걸 알면 정말 정말 이걸 알면
절박도 절박도 정말 고차원의 절박이다
그래도 이걸 모르면
팍 뒈져삐려라 뒈져삐려라 정말 뒈져삐려라

1999. 7. 2.

또 죽음 하나

꽃잎 지듯 훤한 날이라 멀리멀리 가고파 걸로 간겨
신 벗어 손에 쥐고 허위허위 날개 돋아 또 뭔가 보러간겨 그런겨
걸어 천 리 물로 천 리 가뭇가뭇 햇빛도 찾아가 비추잖는 거긴 또 왜 간겨
너울너울 머리푼 담배연기 따라 가뿐사뿐 불붙어 하늘하늘 뿌리칠 테라며 가고 만겨
은행빚에 백만원만 이자에 백만원만 마다못해 허청허청 황천 건너 아이엠에프까지 또 백만원만 꾸러간겨
애비 잃어 천진한 깡충동이 남편 잃어 설거푼 여인넨 게 있는데 왜 너만 없는겨
눈물 글썽 김치쪼가리 달랑 목맨 술병만 뒹굴고 꾸겨박힌 우덜만 남은겨
정학 맞고 퇴학 맞고 매 맞다 울어 뒈질 놈 키만 껑충 싱거운 놈
안 울겨 안 울겨 입술 꽉 깨물고 눈물 한 방울 안 떨굴겨
시이팔 놈 시이펄 놈 사람살이 그리 매달 만큼 가볍등감
가볍등감 꽃도 지고 햇살 눈부시게 훤한 날만 그립고 그립등감
여북 그리워 그에 훤한 화장터 불 속에 감기고 말았등감

너 빨아 훤한 서른아홉 눈부신 한 줌 가루로 너는 있는데 왜 너는 또 없는겨

백만원만 딱 한번만 제발 부탁 손 벌릴 적 도리도리 빈털터리 고개 저어 빡빡이 삐치고 만겨

젠장 넨장 눈물 콧물 버벅 범벅 너 따라 마시는 술잔마다 술은 또 왜 넘쳐나는겨

1998. 5. 10.

죽음 하나

너는 한갓 고깃덩어린가 고깃덩어린가 천국 잃은 세상에 일곱 살배기 사내놈 하나 서른 살배기 아낙네 하나 슬픔 하나 아픔 하나 떨구고 망가진 승용차 하나 죽음 하나 남기고 외로움 가득 담아 거짓 모를 눈빛 핏기 잃은 몸뚱이로 달랑 천쪼가리 하나 덮은 채 눈 한번 깜짝 않는 돌부처처럼 관짝 깍듯이 손 모아 누운 너는 고깃덩어린가 고깃덩어린가 깜깜한 하늘 향불은 사그러져 까물까물 여인넨 머리채 부여잡고 울다 까무러치는데 술병은 곤두서 나뒹구는데 너는 고깃덩어린가 한갓 고깃덩어린가 일곱 살배기 사내놈 하나 서른 살배기 아낙네 하나 천연스레 반웃음 반울음 울상인데 차례차례 비어 술병은 나뒹구는데 망가진 승용차 굴삭기를 들이받고 술내음 질펀한 새벽 팔팔도로에 나뒹구는데 나자빠진 너는 고깃덩어린가 한갓 고깃덩어린가 지친 눈망울 무표정한 유족은 이튿날 치를 발인을 다투고 개나 소나 웃고 떠드는데 돈장을 헤고 화투짝을 붙들고 상갓집 갤랑은 끼리끼리 왁자지껄인데 너는 없고 너를 슬퍼해야 할 친구도 없고 천국일랑 까마득하니 까먹은 관짝에 호젓하게 누워 홀로 한가로운 너는 한갓 고기덩어린가 고깃덩어린가

1996. 9. 7.

옹녀에게 강쇠가 띄우는 노래

어비야 아서 내 탓인가 지지리 못난 나라 탓이제 애먼 콜랑은 물어 멋하나 자넬 떠난 뒤론 허릿심도 오줌발도 영 시원찮으이 자넬랑 살살 농집 내며 만지던 육모방치 이년 저년 대고 찔러봐야 애꿎이 민들레 노란 꽃만 하얀스레 으스러져 날리고 신통찮으이 잔뜩 골난 천하대장군 하얀 하얀스레 으스스 부스러져 너울너울 연기로 날아간 장승자리 거기 서초동 대한민국 법원 청사 마당 휘우듬 등짝 휜 늙은 소나무 풀풀 나는 까만 세단 기름 먼지에 쿨렁쿨렁 기침인지 염병인지 하는지 마는지 돌대갈 문어대머린지 보톤똘마닌지 넘쳐나더니 저근덧 달 같은 김가 해 같은 홍어좆까지 예서 번듯 제서 번듯 경상 전라에 온나라가 우군우군 족발 닭발 안 같은 오리발에 입심 간질밥 목낭청조까지 마땅찮으이 자넬랑 동지섣달 꽃 본 듯 좋은 남편 언제 다시 만나려나 구석구석 빈틈없이 자넬 찔러 시원시원 맺힌 마디 풀어주고 구슬땀 송골송골 맺게끔 골집 내줄 대추방망이 빰칠 사낼랑 있는지 없는지 물때썰때 수월찮으이 강쇠처럼 한사코 시원시원한 알심장사는 도무지 없고 덜렁쇠 곁다리 존만딸딸이덜뿐이니 열 번 떠내도 말짱 도루묵 머시기 자국 안 남는 한강이라등마 한강에 고따우로 똥 친 흙탕은 왜 또 넘치누 아서 말으이 마뜩찮으이 유람배라 배 타고

배불뚝이 한 배때기 실으면 업따 그 계집 똥집 장히 좋은지
고 맨날 천날 좋은 하늘 좋은 물길인데 별 볼 일 없는 하늘
에 낮달은 뜨는지 마는지 육모방치 근질근질 오줌똥 구정
물 넘성대는 한강에 갈기는 오줌발도 영 시원찮으이

1996. 3. 8.

지양止揚 모를 변증법辨證法

하얀 색 반대는
검은 색인가 아니다 아냐 그해 겨우내
사람들은 씨부렁씨부렁 뚤레뚤레 검은 해가
꼬랑지 빠지게 하와이로 토끼다 떨어져 버렸다고
연오랑세오녀延烏郞細烏女 신발 벗고 건넌 도기야都圻野에
무너진 성수동 다리 위로 언젠들 힘없이 하얀 해가 안 뜨겠느냐고
도망친 검은 해가 수녀 치맛자락 속에 숨어 여태 나오잖았다거나
검은 해가 케케묵은 십팔년 수작 벌이다 총 맞았다거나
검은 문어 대머리 보통 검은 똘마니에 영 삼삼하잖은 대충 검은 해도 두더지 눈맞춤 색안경인데
미끈덕한 검은 색이 미끈덕한 하얀 색 반대이길 마다하면
나는 내가 아니고 네가 네가 아닌 오늘은 오늘이 아니라 안이고 바깥이고
맑디맑은 소주에 취해 사람들은 씨부렁씨부렁 뚤레뚤레
하얀 색 반대는
안 하얀 색인가 못 하얀 색인가 노란 색 반대는
못 노란 색인가 안 노란 색인가 빨간 색 상대는
안 빨간 색인가 못 빨간 색인가 파란 색 반대는

못 파란 색인가 안 파란 색인가 보라색 상대는
안 보라색인가 못 보라색인가 머리 나쁜 사람 반대는
못 머리 나쁜 사람인가 안 머리 나쁜 사람인가 아니다 아냐 그해 겨우내
사람들은 씨부렁씨부렁 뚤레뚤레 검은 해가 대머리 깎고 설악산 백담사
절방에 불 밝혀도 다시 어둡고 연오랑세오녀延烏郎細烏女 지둘리는
도기야都圻野에 언젠들 됨됨 하얀 해가 힘차게 뜰랑가 안 뜰랑가
사람들은 씨부렁씨부렁 뚤레뚤레 검은 색 반대는 안 검은 색인지
못 검은 색인지 왜 하얀 색은 아닌지 힘센 놈 반대는
못 힘센 놈인지 안 힘센 놈인지 왜 힘없는 놈은 아닌지
이 땅에 변증법은 왜 없는지 존나 열받네
존나 열받네
존나 열받네

1995. 11. 12.

바담바람풍

냅다 이빨 근질근질한 벙어리랑
제비랑 원숭이랑 맹꽁징꽁 홀짝 말고 삼치기
내기 한판 치다꺼리 겨루던 얘기 보따리 한바탕 풀까나

제비야
제비야
노랑제비야

원숭아
원숭아
노랑제비원숭아

바담풍 간두고 바람풍 읊으려무나
아주 진탕 쌈 싸드실 짬짜미에
어깻바람 허깨비 삼셋 단풍 꿍친 멍텅구리야

대통령부인이롯데백화점에돈팔러갔다가돈팔천만인가를소매치기당하더란입소문이짜했다
대통령은검다희단내발뺌한마디없이캐나다순방때그깜깜속을보도한신문사기자동행취재를거부한다

1995년6월삼풍백화점이와지끈뚝딱결딴나면서엉뚱한사람이에누리없이짱많이죽었다

ㄴ
ㅁ
ㅇ
ㅌ
ㅁ

두살배기딸내미가시랍시고끄적대는어깰짚더니자판을건드려이렇게친다
성수동다리가무슨엿가락동강도아니건만우습지도않게가운데토막뭉텅잘린그해맞춤귀빠진아인즉

하불싸 슬프다니 군더더긴지 곱빼긴지 모르게끔 이 무슨 뚱딴지 짝쇠람
내친김에 돛자리 깐 듯 무슨 글힘 용한 뜻이 있을까 있겠지 갸륵해라

벙어리 얘기 보따린지 판판 뒤죽박죽 엿장사 맘대로 삼

치긴지

한강에다가 옴씨락 기적을 말아잡숫고도
이 나라에 사는 죄값으로다가 1995년 10월도
바닥 질긴 술병을 어깨동무 삼아
고추알 후추알 씻나락 까먹는 소릴 한 모금씩 곱씹는다

1995. 10. 17.

동주에게

윤형
오래도록 부끄럼 잊었더니
해거름 무렵 실비에 젖고 말았습니다
깡마른 서른 살은 땟자국 한 점 말끔히 못 지우고
게으른 나이만큼 헛산 몸뚱이에선
맑은 기침이 떠나질 않습니다
윤형
삶에 치이느라 야위고 망가진 얼굴이
솔깃한 적조차 한번 없어
떨쳐 참말 오래 보지 아니하려 애쓰던 거울이라
마주칠세라 두려워
짐짓 두 눈 질끈 감고 지냈습니다
윤형
구름 두께 검은 하늘에 숨은 별빛은
바람에 스치는지 마는지
눈길 안팎 영돌긴커녕 더러 반짝이지도 않습니다
말마따나 언덕 위에 이름 석 자 자랑처럼
온갖 자잘한 풀이 우거졌는지도 모르겠습니다
맑은 소주로 아무리 안간힘을 써도
젊은 피 맑은 피 따로

더는 흐르질 않고
마른 울음 마른 어둠부터 안개비처럼 적시는 하늘인지라
이즘 따라 별 헤는 밤조차
분에 아니 찰세라 선뜻 감을 못 낸답니다
윤형
모가지 끈덕진 요놈 해골바가지
셋만 깨뜨리면 해방감인데
파랗게 녹슨 거울 속
부끄러운 별짜리 골통한테만 빵깐살이 본때 족치면
저까짓 딴꾼 졸때기 얼씬대는
비나리까지만 냅다 박차면 가슴 후련할 텐데
이제도 그림자 끈덕지게 비출 무언가 적지 않아선가
멀찌감치 거울 앞을 서성대곤 합니다
누군가랑은 적이 닮은꼴로 살고파
별 하나에 시를 헤고 이름을 붙이자던 여느 겨울밤
언제적 잔다리밟기냐며
총부리 거꾸로 겨눈 군홧발 작신
몸소 별 다느라 우격다짐
나라마저 훔친 도둑놈들 얘기랍니다
물 빠진 놈 보따리 돌라방친 도둑놈

빰 못 때려 서운한 푸념일까 갑갑합니다
입비뚤이 달콤한 거짓 가득
내 너절한 마음 한구석엔 여태
가시다 말아 미처 얼렁뚱땅
쓰레기 썩은 노래로 너더분합니다
번듯하게 씻을 뾰족수만 있다면야
바득바득 지우고 싶습니다
예수를 죽이고도 뻔뻔한 멍텅구리라
스스로를 부끄러워해야 옳는데
골백번 뉘우쳐야 가까스로 살판인데
고꾸라질 듯 몸서리쳐도
사뭇 가슴 뜨거운 눈물은 쉬 솟지를 않습니다
그만요 윤형
달이 밝고 구름 흐르는 우물 깊숙이
그제나 이제나 파아란 바람이 불건만
나한테서 떠나는 피냄새는
바닥바닥 긁은들 쥐똥만큼도 아니 남았더랍니다
얼마큼 성가시단 핑계 김에
더는 혁명을 꿈꾸지 않겠노라
붓대 던져 무릎 꺾고 만 이 삶이

개돼지만 못해 부끄럽습니다
꿈자리 사납게 깬 아침이면 얼굴 화끈거려
핏줄 터지게끔 미치고 싶습니다
언제라도 오늘을 적신 실비가 아니라
작달비에 함씬 벌거벗은 몸을 맡기고 싶습니다
피비린내 풍긴 십자가 달린 채 끄떡없이
목숨 팽개친 예도옛날 형이 사무쳐
거짓말 눈곱만큼도 안 보태고
정말은 염통 곪을 만치 그립습니다

1991. 5. 2.

빵점짜리 양아치

아차 이건 그대가 결석한 꿈이군요
쿡쿡 한 서푼어치 신건입죠
넋 나간 꿈일랑은 시시콜콜 서랍 속에 처박혔다가
그렇게 연극처럼 막이 올랐습죠
제길 껌껌한 골목에서 애송일 꼬시다
고스란히 들킨 느낌이랑 엇비뚜름했습죠
맘껏 빌던 손모가지로 신님을 목조른 시퉁머리에 골나
구원길 딱 끊자마자
신님 아들은 고깝게 하늘로 날아버렸습죠
쿡쿡 게다가 난 철도 없어
부끄러운 구경꾼밖에 아무것도 아니었습죠
쿡쿡 까닭 깊은 속이야 알건 모르건 눈물이 날밖에요
펑펑 그냥 껌뻑 죽어 서럽다며
쥐구멍에 머리박고 울었습죠
요만 행짜에도 나는 벌써 외토리였고
삶이 더럽게 싱거웠거든요
좀 부끄럽지만 전
박제가 돼버린 천재란 전설을 하나 갖고 있습죠
피 묻은 가래를 조금 토할 줄 안 꼴값에 요절했다는데
머저리란 비아냥 갖곤 모자라 참 치사한 새낀 거 있죠

쿡쿡 자살도 아니고 요절 소가지라니
시시해서 진짜 건더기조차 변변찮았죠
숨 한번 마음껏 못 쉴
요따위 야트막한 무덤 느낌 지붕 아래서라면
깃털 뽑혀 볼 장 다 본 꿩처럼
아무 때고 더구나 토끼고 싶어했을 테니까요
에쿠 요건 내가 결석한 개꿈이군요
우라질 빵점짜리 양아치라굽쇼
송곳처럼 아픈 델 잘만 골라 꿈은
뺀질나게 날 찌르고설랑 두 번 다시 안 돌봤죠
츳츳 버릇처럼 기를 쓰고 부아풀이 몹쓸짓 무릅쓰느라
젠장 염병하듯 기분 더러웠습죠
쿡쿡 만화를 그리느라 위대한 화가는
날밤 꼴딱 술만 처먹었다죠
이부자리엔 몸매 하나 죽이는 발가숭이 모델을
허수아비처럼 고이 눕힌 채로요
꽤나 곱상한 아기씨라 껄덕대고 침깨나 흘려들 쌓는데
나한텐 한 천 년 묵어 꼬리 아홉
섬뜩한 불여시밖에 아무것도 아니었습죠
시시껄렁하게 신님한테 속임수를 쓴 죄값을 탓 오죽하면

고을이고 마을이고 금테 은테 둘러
애고땜 날뜀질판인데
집도 절도 애를 갖고 싶다니요 망할
그 밥통 여편네 오지랖이 하도 밉살맞아
골탕이나 먹으라고 딸딸일쳤습요
츳츳 제아무리 홀로 눈 밝더란 신님이라 추킨다 쳐도
그런 따윌 아나 모르죠
딱 한 차례 팔뚝 용트림 딸딸이만으로 무려
사 억 남짓 죄인을 눈 깜짝할 새
사라지게 만들 수 있단 종작을요
쿡쿡 이건 내가 신님보다 한 수 위란 자랑거리니
아무튼 우쭐해얍죠
지랄 헛소리 삐약 지껄만대다가 예까지 오고 말았네요
쿡쿡 허풍선일 빵빵 터뜨리다
예나제나 타고난 무섬증에 넌더릴 내 쌓는가 하면
그래도 실실 쪼개는 어릿광대를 부러워해 쌓던 나머지
부러 헛기침도 뽑을 줄 알게 됐습죠 네미
개뿔도 이만 센 척 빼길 수 있다면
누구라도 말릴손 헛심이겠죠
이놈 돌산만 한 집더미가 저절로 무너지면서

돌더미가 나를 나부랑납작이 짓뭉개면
춧춧 누가 아나요
더 이상은 속일 수 없어
도저히 죽음밖엔 맘 붙일 곳 없어서
쿡쿡 그때 두고 못 잊은 아낙이랑 껴안고
입맞춤 살갑게 살는지
춧춧 참말 골때리게 그럴 수 있겠네요
춧춧 그러다보면 뭐 골머리 아픈 꿈도
그쯤에서 자살로 끝막음칠 수 있겠네요
에쿠 빵점짜리 신건이 납셨는갑네요
서푼짜리 양아치 진짠갑네요
부디 손뼉 마칩쇼
춧춧 그럭저럭 그리 살다 모처럼 성불합쇼 할렐루야

1990. 5.

삼등열차

촌것일망정 천것은 아니다
나만 서울 한번 못 가 본 얼간이라 바닥으로 긴다
깡촌 바닥바닥 기어도 눈물 한 방울 허투루 흘리지 않고
이 물길 이 철길 따라
물이란 물
돈이란 돈
속절없이 서울로만 가도
하늘 하나 기대고 땅, 땅으로만 얽혀 산다
네 년은 도시년이지만
내 년은 시골년
네 년은 배때 벗은 양반네지만
내 년은 때꼽재기 쇤네
네 년 호주머니 푸른 지폐 세종대왕 푸른 웃음만 숱하게 들락거리고
내 년 호주머니 농투성이 먼지만 한숨만 숱하게 들락거리고
네 년 아들 부펜지 지랄인지만 처먹어도
내 년 아들 들나물에 된장국만 처먹어도
씩씩하다 씩씩해, 내 년 아들 씩씩하다
네 년 탄 비둘긴지 삼등인지 나도 탔다, 나도 탔어

1988. 2. 1.

20세기의 꿈

이 투명한 어항 속에서 나를 꺼내주어도 그대가 주는 건 자유가 아니어요 내 속에 흐르는 천연의 바다에서 수포가 난무하고, 외로운 30촉광의 바다와 내 비늘에서 벗겨간 감각 대신 네온의 푸른 옷을 입었지만, 그건 옷이 아닌 허물이어요 어두운 찻잔 사이를 배회하는 그대나 푸른 담배연기의 바다를 부유하는 나나, 어둠처럼 흘러나갈 창이 필요하지만 그런 건 어디에도 없어요

28℃의 바다에서 내가 잊지 않은 성감, 성감의 해변으로 음울한 노래의 파도가 밀려오고, 밀려오다 도시의 해안을 넘는다 넘어온 것들이 어항 속을 미끄러져 앙금인 양 가라앉고, 넘어 오지 못한 것들이 춤을 추며 원시의 바다로 돌아간다 미끈한 그대 입술에서 나는 숨을 쉬고 있었다 그대 입술은 따스하게 젖어 있고, 젖어 있지 않은 아가미를 만지며 적도의 풀 향내가 목젖을 넘는다 가자, 넘어오지 못하는 것들이여 바다를 건져 내 햇살에 말리고 빈터로 가지 못하는 것들에게 쓰다버린 자유의 비린 찌꺼기를 남겨두고, 긴 삼백예순 날 헝클어진 내 불면의 잠 속을 헤엄쳐, 살덩잇적 자궁 속 어둠을 엉금엉금 기어 내 살부스러기와 내 파리한 얼굴에 알맞은 이름에게로 돌아가자

30촉광의 물결에서 나를 벗겨내어도 내 동맥 속의 푸른

피는 엄마의 젖무덤같이 축축한 모래펄의 자유를 기억할 거예요 풍선처럼 서먹서먹하고 둥근 지구의 돌덩이 사이에서 나를 건져내지 말아요 우주의 깊은 곳에서는 별들이 사랑을 하고, 사랑하지 않는 것들이 태고의 폐허를 방황하고, 인조 산소와 수은이 폐 속을 간질이는 이곳에서 나는 그대의 꿈을 바라볼 수 있어요 그대 에나멜 손톱으로 내 동면의 깊은 꿈을 깨뜨리지 말아요 이 투명한 수포 안에서 나를 벗겨주어도 그대가 주는 건 해방이 아니어요 낡은 전선을 타고 흘러내리는 아아크 등의 수면 아래 지느러미를 씻어내는 내 몸짓의 울음을 읽어주어도 그대 메마른 살갗에서 흔들거리는 자유의 서글픈 냄새를 엎지르진 말아 주세요

1980. 12.

인연

잔잔한 수면 위로
음악이 지나가는 파문
산이며 들이며
때묻은 일상들이
낚싯대 끝에서
팽팽히 압축된다
아 이게 무슨
인연인가
한 마리 붕어가
떨리는 손끝에서
조용히 환생하는 것은
참으로 한가로운
유월의 한낮에

1977. 6.

4부

그리운 남쪽 1

아직 가슴에는 별이 오지 않았지만, 이제 더는 가슴 타지 않을 거랬어 햇빛 한 올 생기지 않아 꼬옹꽁 언 땅, 풀꽃 한 포기 눕지 않을 거랬지만, 오늘쯤은 얼음 골짝 시내가 별을 품는 꿈을 꿀지도 모른댔어 그러면 피에 씻겨 오련한 네 슬픔이 아물고, 맑디맑은 그리움을 싣고 돛배가 먼 바다 섬 사이로 모인댔어 더러는 두드러기 속에서 낯선 아픔이며, 가위눌림 참을 수 없게끔 힘살 알싸한 균들이 꿈틀꿈틀 터진댔어 아주 가끔 긁어 딱지 앉은 헌데서 파르스름하게 목울음이 터지고, 그러면 별빛 적신 풀꽃 한 포기 목울대까지 치민댔어 치미면 기어코, 낭떠러지 저 너머 깎은 벼랑 피멍 든 끄트머리까지 닿고야 만댔어

그리워, 그리워서 눈물 흐르는 남쪽이여

그리운 남쪽 2

기다림 더딘 겨울이 끝나 마침내 네가 왔지만
너는 아직 봄이 아니다
숨찬 걸음 총총 눈 선 어둠 딛고
입술 깨문 한달음에 달렸지만 너는 아직 새벽이 아니다
살갗에서 흰 목련이 터지고
언 강 부르튼 핏줄이 터져 너는 왔지만
봄이어도, 새벽이어도 너는 진짜가 아니다
서른 해를 머문 불꽃 한 가닥 서늘하게
스물아홉 때늦은 뉘우침을 태우고
탄 가슴 빠근한 뼈마디에서
접히고 꺾인 소리는 울음빛인지라
한 가닥 노여움인지라
너는 차라리 흰 불꽃도 아무것도 아니다

너는 겨울 안 저어만치 그림자로 찍혀 고즈넉이 서고
나는 겨울 바깥 까치발 곤두선 이만치서
이드거니 너를 가늠 본다

그리운, 그립기만 한 남쪽이여

그리운 남쪽 3

소리는 쓰러지지 않아
접힌 무릎 꺾인 팔목 사슬 무릅쓴 몸뚱이지만
널 생각하면 자라목은커녕 움치지도 못해
죽어도
팬 가슴 깊숙이 피멍도 숨길 꼬투리는 없어
함부로
저 비릿한 향기도 아스라이 솟는 저 아우성도
차마 씻어선 안 돼

널 맞닥친 눈부심에 더럭 어지럼증이 쏟아진대도
코 맵고, 눈물 찡해 한낮 하늘이 캄캄하다 못해
마중날 부질없이 이마빼기가 터진대도 괜찮아

풀이란 풀한테 키 낮은 꿈
꿈이란 꿈한테 얄팍한 허울도
후득후득 으끄러지면 그만이지만
잿더미처럼 사위면 그만이지만
솟구치는 바람을 그릴 순 없어
눈시울 끈적한 기다림이라 씻어낼 수 없단 말이야

울음 우는 넋 혼자 목마름에 타는
꺼어꺼어 잠긴 소리였어
그러나 쓰러지지 않는 소리였어
시이펄, 소릴 들었단 말이야
네가 오는 소리였어
오다가 네가 가는 소리였어

남쪽이, 남쪽이 그립단 말이야, 시펄

그리운 남쪽 4

널 꿈꾸지 않아 오월은 서른 날을 하루같이 잠도 들 수 없었어 땅이란 땅은 비님 오셔도 젖지 않고, 식은땀 눅눅한 잠자리마다 성마른 선잠 성가신지라, 가시 박힌 풋사랑 시에 가위눌려 기특한 생각 하나 못 담고, 가까스로 너 핏빛 응어리진 울음만 씁쓸하게 따라 마셨어 잔에 담긴 울음은 맑아 넌 한 줌 차라리 물컹한 날빛이었어 이슬아침 달맞이꽃이 달을 버리듯 내게서 너는 스러지고, 햇무리 사무친 하얗고 눈부신 두붓살을 설컹설컹 씹으면, 재빠르게 덮쳐오는 가슴떨림 또렷한 그 서른 날 희디흰 햇살, 외침은 꼿꼿해서 하늘끄트머리까지 홀로 닿건만, 눈물 어리는 유리창에 갇혀 난 혀 짧은 비명조차 지를 수 없었어 가슴 안팎 마침내 땅거미가 걷히고, 별빛 한 무리 부우옇게 어둠을 허물면서 무너지듯 어슴새벽이 오고, 온 새벽에 이끌리듯 다시 네가 오고 있었지만, 아아, 휘청거리다시피 기어코 네가 오고 말았지만, 너무 하얀 네가 무서운데도 난 달아나지 않았어 술잔 그뜩 널 따라 마시느라 난 뒷걸음조차 칠 수 없었어

그리운, 그립기만 한 남쪽이여

그리운 남쪽 5

가을은 죽여 버린다 여름을 죽인 자리, 샛별이고 어둠별이고 맨날 죽어도 도로 사는 땅, 바람 한 점 숨지 않고, 하얗게 목을 쳐도 하얗게 뛰쳐나오는 겨울을 부른다 오라 오늘 너를 위하여 뜨뜻미지근한 꿈은 없애버린다 호젓한 별빛 한 가닥으로 남아도 어제는 아니고, 잔기침처럼 목에 걸려 터지는 새벽은 더욱 아니어서, 너인지 나인지, 갈라터진 구름인지 노을인지, 냅뜰힘 서둘라고 오다 멈칫한 겨울을 부른다 어인 뚱딴지 엉거주춤인지 시답잖은 개꿈 뭉텅인지는 터뜨려 버린다 그게 아니다 씨근 벌떡 심장 뛰는 소리에 떠밀려, 해님인 양 겨울인 양 나를 덮치지만, 거짓말, 하느님은 없다 가라 나는 씹히지 않는다 얼음처럼 딱딱한 뼉다구다 질겨 찢을 순 없지만, 도막나도 끊어져도 나는 다시 내가 된다 눈물 떨구느라 무거운 하늘은 받아 버린다 더러운 새끼, 뉘우치지 마라, 떠는 팔뚝, 터진 핏줄, 언 가슴이어도 생뚱 너 아닌 헛꿈은 털끝 한 올 건들지 않으련다 나는 벌써 너를 떠난 겨울이다 움튼 관자놀이 새순 삐딱한 그리움이다

그리운, 그리워서 눈물 흐르는 남쪽이여

그리운 남쪽 6

참멀다그치담배가겔에돌면저냥골목이있고푸른할아버지청자담배연길따라가다보면이냥한무더기쯤수풀인지덤불인지띄엄띄엄비스듬히누운비탈길중턱지돌이붙다시피안돌이둥지다시피그저있댔는대이상하다그치왜들못찾는걸까쌀가겔돌아공털건너그냥숱노란할머니합죽이빨노랗게빠진옛날이야길찾아가다보면어쩌면평펴지른멍석이있고거기멍석위에어쩌다궁둥일붙여앉으면아른아른아지랑이머리푼자드락발치께로덩그러니보면보인댔는대우습다그치징검돌까지내처건넌걸음인데왜들없는걸까차들마냥씽씽달음박질바쁜한길질러모퉁이끼고느티나무돌아무덤가빗돌앞에멈추면그저기슭어룽어룽까무러친글자끄트머리로그저없는듯있댔는대더럽다그치한대중더가야하나봐여태멀었나봐그치

그리운, 그립기만 한 남쪽이여

그리운 남쪽 7

너 하나에 나 하나 덧셈이면 둘이 아닌 하나야
곱셈이면 더더욱이고
뺄셈이건 나눗셈이건 우릴 멋대로 쪼개진 못해
언 하늘이면 번개처럼 살별처럼 꽂힌 별빛이라 느껴워서
소름 쭈뼛 할퀴는 겨울 소주라 시리도록 차가워서
더군다나 겨울비 닮은 눈물이 흐르는 거야
오래 참아 가끔은 타고난 색깔 잊게끔 얼얼한
울음이 터지는 거야
하얗게
정말 하얗게, 젊은 날은 쓰다만 일기장 빈 칸 사이에서
하얗게 죽어 있고
이제 나 아닌 허물 찢느라 낯가리는 이부자리 속
새살 돋은 얼음빛 살갗이라
차라리 날카로이 베인 슬픔이면 좋아
사각사각 터뜨릴 제마다 실핏줄 깊숙이 파고들면
남쪽이, 남쪽이 그리워 미치고 말 테니까
찌릿찌릿 가슴 뼈마디 살얼음이 박이고도 모를 테니까

남쪽이, 남쪽이 그립단 말이야

그리운 남쪽 8

나는 다저녁 절망어린 서른 촉광 불빛에 녹아 누렇고, 나는 푸른 빛 소주에 녹아 퍼렇고, 나는 쓰다만 원고지 네모칸에 숨어 숨이 막히고, 부릅뜬 눈을 부비다가 하얗게 물러선 매끄러운 벽에 소스라쳐 나는 해거름 메마른 바다로 목을 축이고, 늦은 밤을 묵직이 어깨에 싣고 돌아오는 골목길은 파리한 울상 수척한 가로등이라 나는 발이 무겁고, 눈물어린 서른 살 추억이 무겁고 무서워 나는 자꾸 줄달음치고 싶고, 서른 해를 감춘다고 꽁꽁 묻어둔 서글픔을 파내면, 참을 대로 참아 내 속에서 무지개빛 오줌발처럼 싱싱하게 회오리치는 바람 바람이여, 이제 갓 겨울 문턱 넘어 파닥이는 그물 막 찢으려는 부아여, 성난 비늘 지느러미 꼿꼿한 핏대여

그리운, 그립기만 한 남쪽이여

그리운 남쪽 9

뭐지그림자밟길랑인젠죽다까무러친대도싫어줄다리기도숨바꼭질도재미대가리한속이긴마찬가지야뭐지쫌만쫌더가슴을열어봐저긴뭐야갓깬병아리새끼처럼샛노란소리도같고말랑말랑마냥말갛고물컹해서헛것도같고그나마나직이귀기울이면무슨소리마저들려저까짓게어쩌란소리여서마음이토록아릴까푸른비린내감도는비안개처럼바람꽃비슷이날한바탕달구치려나봐네싸늘하게식은발자국에내풀죽은뒷모습을버무린소용돌이면얼마큼덜아플까어쩐지낯설다곤쳐도술래처럼겉도느라어둑한네맘속은무슨수수께끼일까붙박이어느별에서쫓긴떠돌이하나깨금발제풀에동아딴반짝외로움일까닦다가미처못다닦아나위없는눈물한방울일까뭐지뭐야쫌정말쫌만더발돋음해봐저따위가뭐길래저리서툰날갯짓에곤두박이를칠까머리방아를찧잖아아니야어쩐지솟구치려다가꼰지고마는너가섬뜩해서눈을잠깐도뜨기힘들어저따위가뭐길래저리무서워이를가만덜덜떨까말해봐뭐지어어달아나잖아간둬뛈박질멈춰그만가지마달아나지마란말이야그림자만이라도쫌그만

그리워, 그리워서 눈물 흐르는 남쪽이여

그리운 남쪽 10

청산 가아자 여윈잠 설친 나비는 한 떨기 시든 꽃도 잔단 포기 꽃도 입가심 성 안 차 첫새벽 이슬떨이 떠나고, 나한테는 별빛 곤두선 그믐 꽃 그늘 서늘해 맴돌이 맵찬 돌개바람 한 오라기 남지 않았으니, 청산 가아자 잿빛 마루 위에 먼지 부연 부스럼처럼 가난한 첫사랑이 닦여나가고, 내 낡은 가슴에는 겨울 산골짝 칼바람이 벌써 아파 스스럽지 않으니, 청산 가아자 으스름 빛무리 이슥하도록 울음샘 길래 마르지 않아 햇볕조차 꽁꽁 얼리고, 그대 서두는 발기척도 가깝지 않아 메아리 오솔한 그림자 혼자 올동말동 싸락눈처럼 스산하니

청산 가아자 나비야
소주 적신 날밤 꼬박이 날개 마르길 기다린 나비야

남쪽이, 남쪽이 그립단 말이야

그리운 남쪽 11

꽃은 썩어도 꽃이 됩니다

흙더미 속에서 흙내 더운 숨을 덮고 누워 흙이 되길 기다리는 송이꽃 떨리는 그리움도 어느덧 꽃이 되어 하늘거립니다

다시 살기 위해 살이 썩는 꽃은 죽어 다시 더럽혀지지 않습니다

다시 죽어 누운 꽃 위를, 빈 마음 위를 밟고 한겨울 마른 눈이 성큼성큼 지나갑니다

감아도 파랗게, 파랗게만 떠는 눈, 눈꺼풀 안으로 꼭 한 철 지각한 꿈을 꼬옥 보듬고, 다시 살기 위해 죽어도, 고통과 절망을 덜기 위해 두세 번을 거푸 죽어도

다시는 울먹이지 않기 위하여 눈물을 흘리고, 기꺼이 울음 터뜨리는 한 송이로 죽어 다시 한 송이 슬픔으로 터집니다

여울살 아스스하게 앙버티던 바윗장이랑 얼음장처럼 이윽고 터지고야 맙니다

첫 만남처럼 짧아도 오래오래 아파 아물 일 영영 없을 상처로 그해 겨울은 남고야 맙니다

그리운, 그립기만 한 남쪽이여

그리운 남쪽 12

하다 하다 저도 헛것 하나 반듯하게 묻으려구요
무지개빛 아픔 참다 참다
풀피리처럼 푸른 울음을 터뜨릴지언정
두웅둥 떠도는 소리 사박사박 가슴 한켠을 썰기 일쑤인
그딴 헛것을 마음 귀퉁이에 꼭 하나 묻었으면 쓰겠어요
개새끼란 개새끼에 이름 개새끼라 붙여 놀림감 만들고
알나리더러 떡을 칠 아랫도릴랑은 감추고 웃으라고
입찬 꾸중 제꺼덕 고만두면 고만 아닌가요
알아요
전들 왜 모르겠어요
피울음 질펀한 땅거미 너머 소리 소문 없이 스러진 노을이
새벽 아침 천연덕스레 다시 와 하늘을 물들이듯
너무 밝은 헛것이라 이마빼기 터뜨릴 만큼
퍼뜩 잉걸불이 이글거리고
가뭇없는 헛것이라 거죽뿐인 마음눈을 씻어도
샘솟는 그리움만은 빛발치는 왕창 날것 그대로여서
그믐밤 꼬리 단 살별이 별똥별 되어
쏜살같이 앙가슴 복판에 꽂힐 적
불 타버린 쑥대밭이어도 다시 사는 헛것이라
여름 낮 한자락 꿈결을 칭칭 묶어버린 헛것이라

우러러 부끄럼이란 부끄럼에
뼈 깎는 뉘우침 한 묶음을 보태
욕됨이란 욕됨에 칼끝 한 자루 꽂아
벼락 때리는 하늘에 맞장 한판 뜰 수 있다면
오롯이 헛것 하나 묻은 땅 한 뼘 동그라미 동그랗게
그래요 거기라면 아리잠직하게
절 산 채 묻잔 무덤으로 삼아도
죽는소리 깨갱 안 대려구요
도깨비방망이에 대갈이가 대번에 깨져
눈에서 불똥이 튈지라도
게가 내 찾던 헛것이 뼛속들이 되살 자리라면
군말커녕 두말없이요

그리운, 그리워서 눈물 흐르는 남쪽이여

그리운 남쪽 13

어제랑 오늘이 한결같아선지 남녘 땅끝에서는 그리워하는 뱃놈끼리 오래 간직한 설렘을 외로움으로 바꿨습니다 그리워하는 마음은 이제도 구름다리 건너 남녘 나루 끄트머리로 모이고 쓸쓸한 자랑 하나 못 갖춘 뜨내기만 깜짝 사랑을 버리다 못해 거룻배에 올랐습니다

삼백예순 날 빗물인지 안개인지 그저 남은 해골바가지 안에 담겨 누런 햇살이 녹았더랍니다

흰나비 한 마리 재 너머 꼬리 감춘 어느 이른 아침 어쩌다 썩은 햇살만 머물던 둠벙에 꽃이 하얗게 필동 말동 살짝궁 눈에 밟혔습니다 남녘 땅끝에는 하루 걸러 부슬비가 오락가락했고 눈물 자국 어룽어룽 남은 각시님이 장난 비슷이 안개꽃이라 부른 뒤로 나루터엔 숫제 딴 꽃이 피질 않아 누런 햇살이랑 몹쓸 바람만 사납게 떠돌았습니다 옹이고 마디고 문드러져 안개꽃조차 한입에 삼킨 자갈밭엔 하루 한나절 해골바가지를 껴안고 뒹구는 속곳에 신짝만 뒤엉켜 들 내남없이 생가슴을 앓았더랍니다

그리운 남녘 땅끝나루에서는 소금땀 절은 돛대며 닻줄이랑 엉겨 뼛심을 무릅쓴들 날은 함부로 새지 않고 물새 한 마리 맑은 하늘을 그리워하다 바다에 목숨 담근 뱃놈 언저릴 맴돌며 빈 낚싯대를 지켰답니다 죽음이 섣불러 숨이 턱

턱 막히는 늪가에서 그런 밤이면 날개깃 앙상히 물보라에 젖은 외로움을 터느라 물새는 꿈을 꾸다가도 스산해 몸부림쳤습니다 어디를 가나 남녘 땅끝에서는 그리워해도 곰팡슨 꼬챙이처럼 야위어 티끌 하얀 재가 날렸습니다

어서 뼈를 묻어 여름이 가을 속으로 떠나길 바라다가도 호롱불 사위는 마음밭에서 이듬해 거짓말처럼 안개꽃이 도로 한움큼 피기를 비느라 각시님은 오래도록 혼잣소리를 빗돌에다 새겼더랍니다 기다리는 남녘 땅끝에서는 해골물 달게 목을 축인 새벽 어둠 속에서 안개꽃이 죽어서야 비로소 사는 줄, 언뜻 땅끝이 겉보기 끝장만은 아니어서 되레 에덴 땅 첫대가린 줄 그제서야 처음 깨쳤더랍니다

그리운 남녘 땅끝에서는 한밤 너댓 차례를 깨어도 꿈은 엎치나 매치나 엇비슷하고 뿌리 저린 외로움을 팽개치느라 누구나 그저 허수함을 떨치긴 어려웠습니다 바다랑 잇닿은 벼랑 꼭지 디딘 그대로 몸뚱이만 던지면 뭍으로 가건 바다로 가건 또 첫발짝이어서 달음박질 한가지로 거룻배는 제자리였습니다 멈칫한 김에 흠칫 상앗댈 거둘라치면 또 깜빡 까무러친 하늘길 솟대 외로이 선 갈림목인지라 뱃놈 홀로 갯가 낭떠러지 아래 그 숱한 안쓰러움을 선돌 곁에 깊숙이 감췄더랍니다

아아 해랑 달이랑 여태 자리바꿈 낌새조차 어렴풋할 무렵이던가 첫 에덴 땅 찾다 못 찾아 거룻배가 뱃머리 돌리던 나룻목 으스름달밤이던가 머리채 기다란 물안개가 빛무리 희붐한 바다를 그리워하다 못 참고 뭉게구름 회오리랑 마침내 한덩이로 뭉쳤답니다 덩달아 하늘이랑 바다가 처음 만난 첫고등처럼 미리내가 안개꽃 점박이 별빛을 품고 봇물 솟구치듯 산등성을 넘어 각시님을 고스란히 적셨답니다 발등부터 정수리까지 아픔 지릿한 마음씨 살살 어루만지느라 용오름 솟치듯 온몸을 쓰다듬듯 살살 무던히도 적셨더랍니다

그리운 남쪽 14

새맑은 그리움을 한 모금씩 두 모금씩 두레박째 길어도
양동이 한 바가지씩 퍼담는 슬픔을
이겨 어찌 당하시겠소
길건 짧건 똑같대서 십 리 길 내남직없다지만
누구한텐 멀고 누구한텐 가까워
시나브로 느낌 동뜨지 아니하더이까
들구멍 잃은 오늘이나 날구멍 놓친 어제나
휘돌다 제가끔 갈팡질팡 버릇인 양 자꾸 에돌 탓
짠물 땀내 맵고 짠 요 앞 소금밭 너머가 비로소
속앓이 저다지 몸살 앓던 남녘 땅끝 외상없다지만
반갑다고 저냥 반기자니
땅띔 선뜻 못 반길 외손뼉 아니겠소
아주 조금 먼 데 치곤 첫밗 가늠치보다 엄청 가까웠고
너무 가깝도록 먼 데여서
나중 느낌치보단 훨씬 멀었던 까닭이 크겠죠

목마름 애끓다 항아리째 켠대도
미처 삭지 않을 그리움 안고
외나무다리 마침내
길마중 먼저 나섬직한 내 가슴 가난한 미어짐이여

그리운 남쪽 15

매암돌이 끝은 정작 끝인지
빼빼이 처음은 정작 처음인지
눈 오고 비 오고 해 뜨고 달 뜨고 별 뜨고 구름 끼고 바람 분 날

홑지게 다 잊고
다시는 아리송해 말자시네

인제 하늘이 두 쪽 나도 몇 발짝이면 그대 숨결 한 뼘
입때껏 마을집 처마밑에 두고 낌새 못 채
두루 가슴앓이 파랑새를 얻으마 헤맸지 싶거들랑

긴긴 그리움 새하얗게 다 잊고
다시는 힐단새랑 비기지 말자시네

막바지 꼬김접말 틈틈이
또박또박 샘솟는 그리움은
동강 하나 빠뜨리지 말고
마디마디 꼬박이 부치라시네

1985~1992

■ 해설

시의 기세 그리고 시인의 순정

김병호/ 시인, 협성대 교수

시선집이 아니면서도 시집 한 권에 모인 작품들의 시간의 간극이 크다. 시집 초고에 기록된 바에 의하면 제일 앞선 작품은 1977년의 것이고 가장 최근의 것은 2021년의 것이니, 헤아리면 45년, 반세기를 관통하는 작품들이 한자리에 놓인 것이다. 한 시인이 그동안 펼쳐온 시적 작업을 처음부터 살피며 어떤 전체적 맥락을 짚어내는 일은 수월치 않다. 시인의 나이나 경력이 중요한 문제가 될 수 없으며, 무엇보다 수록된 작품의 시가 갖추고 있는 시적 완성도나 구축된 미학세계, 행간에 녹아 있는 치열한 시정신이 이 시집에 대한 평가를 좌우할 것이다. 그러나 적어도 반세기 동안 시를 놓지 않고 시인으로서의 삶을 견지해왔다는 사실만으로도 충분히 상찬과 기대를 더할 이유가 된다.

일반적으로 시인의 체험은 그가 쓴 시작품에 육화되어 나타난다. 그래서 시인이 지니고 있는 체험의 다양성과 양은 시세계의 다양성과 풍부함을 보장하는 요소가 된다. 이는 단순히 소재의 나열이라는 차원에 머무는 것을 의미하지 않는다. 특히 엄승철의 작품에서는 그의 체험에서 우러나온 삶의 모습이 생생하고 진실된 모습으로 형상화되어 있다. 그의 체험이 뛰어난 시어의 구사 능력과 상상력의 도움으로 문학적 진실과 체험으로 승화되고 있다. 이를 통해 그의 시세계에는 역사의 주체인 민중으로 살아온 시인의 모습이 자아화되어 생생하게 드러나기도 하고, 폭력적 현실에서 벗어나 시인의 순정한 내면을 지키고자 하는 간절함도 고스란히 투영되어 있다. 이는 그의 시적 대상이 되고 있는 시대와 역사에 대한 뜨거운 애정과 본연의 자기 내면에 대한 성찰에 대한 시적 산물이다. 현실에 눈감지 않고, 불의의 삶에 맞서며, 순정한 자기 세계를 지켜내고자 한 시인의 작품을 살펴 읽는 일은 엄승철의 시에 내재된 시적 힘과 매력을 발굴하는 독자로서의 또다른 기쁨이기도 하다.

엄승철 시인은 현실의 문제와 민중의 삶에 대해 끊임없이 관심을 가지고 이를 형상화하기에 전념하는 모습을 보여준다. 물론 자신이 지니고 있던 이상이 현실의 벽에 부딪쳤을 때 맞게 되는 좌절과 그 좌절감을 통해 드러나는 자기 상황의 폐쇄성과 한계도 동시에 드러난다. 하지만 극복하려는 소시민의식과 더불어 활기찬 운율의 시적 기세가 압권이라 할 만하다. 「조선의사朝鮮義士 넌개」「별옴둑가지소리」「379GP」「담배」「대한미국 딴짓별곡」 등이 그러하다. 그는 자기 작품 안에, 시대를 살아가는 지표로서의 소시민

모습을 적실하게 형상화함으로써, 이런 문학적 형상이 주는 진실의 힘, 진리의 힘을 우리 사회에 적극적으로 작용하려 한다. 엄승철 시인이 만들어내는 문학적 형상이 민중들의 삶을 진실되게 반영함으로써, 그는 시로서 실천하고 시로서 보여줘야 한다는 진실을 실천하는 시인의 모습을 보여준다.

부디 남북 한몸 대한조선 통일 물꼬 튼 날은
일찌감치 원산장 가서
막걸리 한 통은 느긋이 앉은자리에서 마시고요
한 두어 통은 허리춤 묵직이 차고
술 익는 마을 타는 저녁놀처럼 알딸딸한 김에
내처 집에도 안 들르고
내친걸음 냅다 소양강까지 냅뜰 맘 굴뚝 같은데요

참말이지 코딱지만큼도 거짓말 안 섞고요
홍얼홍얼 콧노래 타박타박
얼떨결에 두물머리 나룻목 섭슬리면
남한물 북한물 뱃머리 한데 얼려 오롯이 한물이고요
쏘가리나 가물치나 저냥 한맛
딱히 빨갱이라 꼬리치는 물고기는 더군다나 없다죠
해질녘 달빛 별빛 한데 얼비쳐 그윽할 제면
하다못해 대동강물이나 한강물이나
빼닮은 오누이 볼그족족 물든 뺨처럼
곱디고운 복사꽃 한빛이고요

—「379GP」 부분

혹독한 얼차려로 하루 일과를 시작했던 최전방 백석산 379GP에서의 병영생활을 그리면서, 화자는 양구나 인제의 장돌뱅이들이 오갔을 원산 길을 가늠한다. "남한물 북한물 뱃머리 한데 얼려 오롯이 한물"이고 "대동강물이나 한강물이나" 모두 "곱디고운 복사꽃 한빛"이라며 통일을 염원한다. 물론 대인지뢰를 밟고 전사한 앳된 병사의 넋도 기리고 있는데, 시인의 이러한 시선은 역사에 순응하기보다는 역사의 전면에 서서 진실된 역사를 짚어내고자 하는 시적 기세에서 기인한다. 최전방 GP의 생활상과 정서를 직접적 서술로 보여주며, 우리 시대 이 땅의 민중들이 지닌 절박한 정서를 시인은 차분하게 노래한다. 그가 그려내는 GP 생활에 대한 구체적 형상화에 대한 애정은 그리 단순하지만은 않다. 시인을 둘러싸고 있는 역사와 현실의 근본적 배경과 이유를 심도있게 살펴보려는 의지가, 시인의 개인적 차원에서가 아니라 민족이라는 집단적 차원에 뿌리를 두고 있기 때문이다.

아울러 시인은 이러한 시적 형상을 창조하기 위해 다양한 언어를 자유자재로 구사하고 있다. 즉 리듬이 살아 있고 실감이 있는 풍부한 시어를 동원하여 분단의 문제가 과거의 문제가 아님을 보여준다. 생생한 내면의 민중적 언어관에 바탕을 둔 창작적 실천은 문학적 긍정적 성과로까지 이어진다.

무엇보다 우리가 엄승철의 시에서 눈여겨봐야 할 부분은 시인이 자신의 사상과 감정을 직접적으로 서술하여 직접적인 정서 전달의 효과를 거두기보다는 이야기를 통해 간접적으로 전달하려는 자세를 취하고 있다는 대목이다. 과거 군생활에서 듣고 목격하고 생각한 것들을 들려주는 방식으로 진술된 시인의 정서는, 시인과 독자 사이에서 어느 정도의 객관적인 거리를 형성하면서 새로운 시적 형상으로 창조된다. 이야기를 통해 정서가 전달될 경우, 이야기 구조가 독자와의 지속적 만남을 시도하고 자연스럽게 공감의 세계로 인도한다는 것을 시인은 충분히 활용하고 있다. 이렇게 역사나 일상의 주변에서 발견할 수 있는, 시대의 지표로서의 소시민을 다양한 모습을 형상화하는 것이 엄승철 시의 힘 또는 매력이라고 할 수 있다.

널 꿈꾸지 않아 오월은 서른 날을 하루같이 잠도 들 수 없었어 땅이란 땅은 비님 오셔도 젖지 않고, 식은땀 눅눅한 잠자리마다 성마른 선잠 성가신지라, 가시 박힌 풋사랑 시에 가위눌려 기특한 생각 하나 못 담고, 가까스로 너 핏빛 응어리진 울음만 씁쓸하게 따라 마셨어 잔에 담긴 울음은 맑아 넌 한 줌 차라리 물컹한 날빛이었어 이슬아침 달맞이꽃이 달을 버리듯 내게서 너는 스러지고, 햇무리 사무친 하얗고 눈부신 두붓살을 설컹설컹 씹으면, 재빠르게 덮쳐오는 가슴 떨림 또렷한 그 서른 날 희디흰 햇살, 외침은 꼿꼿해서 하늘 끄트머리까지 홀로 닿건만, 눈물 어리는 유리창에 갇혀 난 혀 짧은 비명조차 지를 수 없었어 가슴 안팎 마침내 땅거미가 걷히고, 별빛 한 무리 부우옇게 어둠을 허물면서 무너지듯 어슴새벽이 오고, 온 새벽에 이끌리듯 다시 네가 오고 있었지만, 아아, 휘청거리다시피 기어코 네가 오고 말았지만, 너무 하얀 네가 무서운데도 난 달아나지 않았어 술잔 그뜩 널 따라 마시느라 난 뒷걸음조차 칠 수 없었어

그리운, 그립기만 한 남쪽이여

—「그리운 남쪽 4」 전문

민중적 삶의 진실에 대한 집요한 애정을 보이는 엄승철 시인은 자신이 만들거나 확립한 어떤 특정한 세계에만 머물지 않고 그것을 뛰어넘어 전신(轉身)하는 미덕을 가지고 있다. 앞서 살펴본 「379GP」보다 훨씬 이전에 쓴 장시 「그리운 남쪽」은 고스란히 시인의 내면을 투사하고 있다. 그의 시가 시작되는 지점을 확인할 수 있는 근거가 되기도 한다. 단지 창작 시기에 국한한 것이 아니라 정서적 흐름에서도 선명하게 드러난다. 이 시에는 절대적이고 완벽한 허무에 도달하고자 하나 결코 도달할 수 없는 젊음의 한 시절이 그려져 있다. 화자는 "널 꿈꾸지 않"지만 "기어코 네가 오고"만 상황에서, 자기 존재와 세계를 한정시켜주는 어떤 한계에 맞부딪친다. "기특한 생각 하나"를 담아내는 시도 쓰지 못하고, "유리창에 갇혀" "비명조차 지를 수 없었"던 시절에 꿈꾸는 탈주 혹은 초월. 시인은 시의 잠재력을 바탕으로 초

월세계에 도달하려 하지만, 오히려 시인의 의지가 강렬하면 강렬할수록 시인은 자신의 한계를 인식하도록 강요받는다. 굳이 '남쪽'과 '오월'에 상투적 의미를 부여하지 않더라도 현실의 질서를 반영하는 세속적이고 인습적인 상황에서 마주친 자괴감이 좀처럼 감춰지지 않는다.

화자로 분한 시인은 자기 인식의 한계, 자기 존재의 한계와 치열을 싸움을 벌인다. 비록 "술잔 그뜩 널 따라 마시느라 난 뒷걸음조차 칠 수 없었어"라고 고백하지만, 이 고백은 '남쪽'에 대한 그리움을 넘어서지 못한다. 이 지점은 시인의 의지가 실현되기 어려운 한계상황을 보여주는 동시에, 절대 포기하지 않는 시인의 의지를 보여주는 문제적 장면이다. 현실 저편에 숨어 있는 세계는 "성마른 선잠"과 "핏빛 웅어리진 울음"의 세계, 내게서 네가 스러지는 공포의 세계임에도, 화자는 대상과 자아의 정지를 허용하지 않는다. 세계의 실체를 객관적으로 파악하려는 의지를 포기하지 않는 것이다. 화자가 갇혀 있는 유리창은 「눈 가리고 아웅」에서처럼 "여기저기 엉긴 땟물이 꾀죄죄"해서 자칫 속으면 "새파란 봄하늘도 한껏 볼썽사"납게 보이는 "갖은 꼼수"의 유리창이다. 이를 빤히 간파하고 있는 시인은 진정한 의미에서 세계를 이해하려는 성실함과 자기 성찰의 능동적 태도를 가지고 화석화를 거부하며 더욱 적극적으로 '남쪽'을 그리워한다.

그렇다면 마지막 퍼즐 조각처럼 엄승철 시인이 지닌, 이러한 의지와 기세의 근거는 어디에서 기인한 것일까. 아래의 시를 읽는다면 어렵지 않게 그 단서를 찾아낼 수 있을 것이다.

누군가랑은 적이 닮은꼴로 살고파
별 하나에 시를 헤고 이름을 붙이자던 여느 겨울밤
언제적 잔다리밟기냐며
총부리 거꾸로 겨눈 군홧발 작신
몸소 별 다느라 우격다짐
나라마저 훔친 도둑놈들 얘기랍니다
물 빠진 놈 보따리 돌라방친 도둑놈
빰 못 때려 서운한 푸념일까 갑갑합니다
입비뚤이 달콤한 거짓 가득
내 너절한 마음 한구석엔 여태
가시다 말아 미처 얼렁뚱땅
쓰레기 썩은 노래로 너더분합니다
번듯하게 씻을 뾰족수만 있다면야
바득바득 지우고 싶습니다
예수를 죽이고도 뻔뻔한 멍텅구리라
스스로를 부끄러워해야 옳는데
골백번 뉘우쳐야 가까스로 살판인데
고꾸라질 듯 몸서리쳐도
사뭇 가슴 뜨거운 눈물은 쉬 솟지를 않습니다
그만요 윤형
달이 밝고 구름 흐르는 우물 깊숙이

그제나 이제나 파아란 바람이 불건만
나한테서 떠나는 피냄새는
바닥바닥 긁은들 쥐똥만큼도 아니 남았더랍니다
얼마큼 성가시단 핑계김에
더는 혁명을 꿈꾸지 않겠노라
붓대 던져 무릎 꺾고 만 이 삶이
개돼지만 못해 부끄럽습니다
꿈자리 사납게 깬 아침이면 얼굴 화끈거려
핏줄 터지게끔 미치고 싶습니다
언제라도 오늘을 적신 실비가 아니라
작달비에 함씬 벌거벗은 몸을 맡기고 싶습니다
피비린내 풍긴 십자가 달린 채 끄떡없이
목숨 팽개친 예도옛날 형이 사무쳐
거짓말 눈곱만큼도 안 보태고
정말은 염통 곪을 만치 그립습니다

—「동주에게」 부분

화자는 '동주에게'라는 제목 아래에서 시인 윤동주를 '윤형'으로 호명한다. 그리고 "더는 혁명을 꿈꾸지 않"으며, "붓대 던져 무릎 꺾고만" 삶이 부끄럽다고 토로한다. 스스로를 윤동주에 비견하며 "짐짓 두 눈 질끈 감고 지냈"던 시인, "별 헤는 밤조차 분에 아니 찰세라 선뜻" 어찌해보려는 마음도 내지 못했던 시인임을 자백한다. 하지만 비록 실의에 젖거나 위축된 모습으로 그려지고 있지만 시의 전체 맥락에서 보는 그는 마치 타고난 싸움꾼과 같은 기세를 감추지 못한다. 환난과 재앙으로 가득 찬 시대와 싸우려는 의지가 견고하기 때문에 시인은 그토록 자신에게 엄격할 수 있는 것이다. 이념과 세대를 대표하며 추악한 시대를 연장하려는 세력의 치밀한 탄압과 수탈에 맞서 인간다운 삶을 쟁취하려는 피와 땀을 시인은 놓치지 않는다.

시인 엄승철은 앞선 시대의 윤동주에게서 올바른 인식과 깊은 지혜를 찾고자 하면서, "꿈자리 사납게 깬 아침이면 얼굴 화끈거려 핏줄 터지게끔 미치고 싶"다는 부끄러움도 함께 이야기한다. 홀로 외치고 목놓아 부르는 극한의 모습을 그려낸다. 이는 모순된 현실과 시인의 치열한 싸움이다. 윤동주처럼 학살과 공포, 억압과 착취가 없는 해방의 시대를 꿈꾸지만, 윤동주와 같은 고뇌에서도 벗어날 수 없다. "별 하나에 시를 헤고 이름을 붙이"며 살고 싶었던 소망은 시인 윤동주에게도, 시인 엄승철에게도 불가능한 일이었기 때문이다. 그럼에도 불구하고 엄승철 시인은 시인 윤동주처럼 지칠 줄 모르는 자기 성찰과 함께 억압의 현실에서 벗어나 인간이 인간다운 삶을 그릴 수 있는 세계를 간절히 희원한다. 그 세계는 "달이 밝고 구름이 흐르"고 "파아란 바람이" 부는, 시인의 해방공간이며 시인만이 이룰 수 있는 진실과 사랑의 공간이다. 시인은 바로 이곳, 그리운 남쪽에 다다르기 위해 오랜 세월 동안 시를 놓지 못했던 것이다. 이것이 시인의 순정이다.

엄승철 시인은 시집 『그리운 남쪽』에서 거짓과 폭력을 토대로 한 낡은 세계를 추방하려는 내재된 비판의식과 고유한 세계를 지켜내고자 하는 순정에 대한 의지를 형상화해내고 있다. 이러한 절묘한 결합은 우리가 다른 시인들에게서 미처 보지 못했던 시적 마력으로, 엄승철 시인만의 고유한 시적 기세를 만들어내며, 독자인 우리에게는 시세계에 대한 새로운 기대를 안겨준다. 그가 반세기 가까운 시작 작업에서 일관성 있게 견지하고 있는 그만의 사유에 특별한 믿음이 생겼기 때문이다.

엄승철 한살이

1960년 서울에서 태어나다.

1977년 서울영동고등학교 학보에 첫 시 「인연」을 발표하다. 1978년 동교 교지에 첫 소설 「공동소유」를 발표하다. 이에 몇 분 국어 선생님 권유를 받아들여 이듬해 1979년 중앙대학교 예술대학 문예창작학과로 진학하다.

1980년 서울 민주화 봄을 짓밟은 전두환 군사 반란 군홧발에 맞서다 이듬해 설 무렵 이틀 말미 입대 영장을 받고 강제 징집 당하다. 21사단 수색대대 소속으로 DMZ에서 근무하다가 사단 사령부 정보처 대북 심리전단 차출 후 대북 방송 원고를 전담 집필하다. 1983년 병장 전역 후 복학하다. 1987년 중앙대학교 예술대학 문예창작학과 졸업하다.

1980년 동아일보 신춘문예에 시 「20세기의 꿈」으로 응모하나 최종심에서 눈물을 삼키다. 1986년 계간 『문예중앙』 신인문학상 중편소설 부문에 「백색 에스프리」로 응모하지만 이도 최종심에서 쓴잔을 맛보다. 이즈음 때를 기다려 문학을 향한 큰 꿈을 한동안 가슴 깊숙이 묻기로 한다.

1987년부터 1993년까지 광명시 인복실업고등학교, 서울 강동구 풍납중학교, 고덕중학교 교사로 국어를 가르치다.

1989년 서울 강남구 양영학원, 영재학원에서 대입학원 국어 강사로 첫발을 내딛다. 1993년 중앙교육진흥연구소(현 유웨이중앙교육) 국어과 주임 연구원 위촉 후 월간『독서와 논술』논술 지도 교사 및 각종 국어 문학 참고서와 문제집 집필, 감수에 참여하다. 1996년 여의도 청록학원 원장으로 취임 후 중고, 재수생 대상으로 국어, 문학, 수능 언어영역, 논술을 2019년까지 가르치다.

2016년 대장암 3기 발병 후 대장 절제 수술을 받고 5년 남짓 항암 치료를 거쳐 2021년 완치 판정을 받다.

2022년 현재 국립중앙의료원 재직 중

시집『그리운 남쪽』출간을 결심하다.

이어 오랫동안 서랍 속 간직한 채 한동안 미룬 글쓰기, 곧 고대사 근현대사를 아우르는 우리 겨레 삶과 역사를 장편소설로 꾸미고자 다시 책상 앞에 앉다.

그리운 남쪽

지은이_ 엄승철
펴낸이_ 조현석
펴낸곳_ 북인
디자인_ 푸른영토

1판 1쇄_ 2022년 04월 15일
출판등록번호_ 313 - 2004 - 000111
주소_ 121 - 842 서울 마포구 서교동 460 - 34, 501호
전화_ 02 - 323 - 7767
팩스_ 02 - 323 - 7845

ISBN 979-11-6512-051-1 03810

책값은 뒤표지에 있습니다.
저자와 협의 아래 인지를 생략합니다.